CAROLINA - AMOR SEM LIMITES

SARA MULLINS

Tradução por
EVIE DIANE

PRÓLOGO

Uma SUV cinzenta segue pela entrada, continuando até parar na cabana ao fim do caminho de pedra. Uma mulher morena salta do banco do motorista, segurando uma caixa debaixo do braço esquerdo. Outra mulher, algumas décadas mais nova, abre a porta do passageiro, sai na luz do sol, e olha para a casa. Seu irmão mais velho faz o mesmo e se encontra com a mãe e a irmã. Eles sobem os degraus até a varanda onde o balanço range, balançando ligeiramente para a frente e para trás com a brisa. A mãe abre a porta da frente e os três entram na casa tranquila.

"Fiquem aqui um minuto. Eu já volto," diz a mãe.

Eles se sentam no sofá na sala de estar e olham em volta enquanto a mãe sobe os degraus até o segundo andar. Ela caminha pelo corredor e para no fim em frente à porta. Uma placa com o nome *Rebecca* está fixada à frente da porta. Ela vira a maçaneta e entra.

O quarto da garota ainda está decorado, arrumado com uma cama perfeitamente feita e uma montanha de travesseiros. Rebecca caminha pelo quarto e sorri para os pôsteres que ainda conseguem se agarrar à parede. Ela ri do maior, um close-up de um cantor bonito com o qual, aos quinze anos, ela jurou que se casaria. Uma fila de troféus empoeirados está em cima da cômoda ao lado da janela. Ela puxa a cortina apenas o suficiente e olha para a linda linha de árvores no lado mais distante da água. Respirando fundo, ela recua, exala e se senta na beirada da cama. A sua mão agarra a almofada mais próxima e a puxa para o peito antes de a abraçar com força.

"Mãe?" A filha chama do andar de baixo.

"Sim, querida?"

"Você está vindo?"

"Eu já desço," a tranquiliza. Ela olha para o teto e depois para a porta. As suas palmas descansam nos joelhos trêmulos por um momento, e então ela sai porta afora.

CAPÍTULO 1

O horizonte brilhava laranja forte e o som dos passos de Nicole no cascalho perfurava o ar tranquilo. Ela bocejou e tomou um gole do seu café, esperando que isso a ajudasse a acordar um pouco mais rápido. Os pássaros cantavam à sua volta nas macieiras que enchiam o jardim da frente. Os seus passos pararam quando chegou à porta do carro. Ela fechou os olhos, absorvendo o cheiro doce dos campos de milho que a cercavam.

Agosto em Indiana era realmente conhecido pelo milho que se estendia tão longe quanto os olhos podiam ver. Quando o sol se punha, os campos se enchiam de vagalumes que se assemelhavam às estrelas acima. E quando o sol nascia, uma mistura de neblina e pernilongos flutuava sobre os pendões na luz da manhã.

Nicole ligou o carro e imediatamente acionou os limpadores em uma tentativa de remover o orvalho da manhã do para-brisa. Ela reparou que o indicador de gasolina estava no vazio, lamentando o fato de não ter enchido o tanque no dia anterior. Depois de se sentar por um minuto para deixar o para-brisa limpo, ela deu ré em direção à estrada. Ela ligou o rádio e mudou do anúncio para outra estação. Pelo menos ela estava tocando algum tipo de música.

Não houve muita mudança de cenário na viagem de quatorze quilômetros até a cidade. Era o mesmo milharal durante quilômetros, com um ocasional grupo de árvores. Dois cães ladraram persistentemente e correram ao lado do seu carro tentando acompanhar. Ela sentia uma estranha sensação relaxante hoje, como se não tivesse nenhuma preocupação. A ideia de quanto dinheiro restava na conta corrente ainda não tinha lhe passado pela cabeça. O carro de vinte anos sobreviverá mais um dia? Quem sabe? Quem se importa? Um sorriso iluminou o seu rosto quando ela sentiu a brisa da manhã soprando pela janela.

A meio caminho do trabalho, ela entrou em um posto de gasolina para encher o tanque e ter o seu café. Não era o café mais saboroso do mundo. Na verdade, era uma porcaria, mas teria que ser suficiente. Ela começou a bombear e esperou, olhando para as outras pessoas que certamente também estavam a caminho do trabalho. Uma senhora de vestido na bomba em frente parecia que tinha saído de uma revista. Nicole olhou para baixo, para o seu próprio uniforme amassado, depois olhou novamente para o vestido da mulher com inveja. Então olhou para um senhor mais velho enchendo uma lata de gasolina.

Uma caminhonete azul entrou no posto com o rádio tocando alto e um jovem saltou. Ele puxou as calças para cima e entrou na loja. Alguns minutos depois ele voltou com uma bebida energética e um maço de cigarros. Ele encarou a mulher de vestido, com um olhar presunçoso como se ela fosse alguma esnobe. Depois de balançar a cabeça enojado, ele saltou de volta para a caminhonete e ligou o rádio. Ele olhou para Nicole terminando de usar a bomba. Ela fez contato visual com ele no espelho por um segundo e depois decidiu não ir buscar o café. Algo sobre ele não parecia certo.

Quando ela voltou para a estrada, encontrou uma boa música de rock e cantou junto o melhor que pôde. Claro, ela só fazia isso na privacidade do seu carro, para se poupar da vergonha. O sol agora estava tão alto que brilhava nos seus olhos sob a proteção do visor. Os óculos de sol pretos ajudavam, mas a luz ainda dificultava a visão. Ela continuou assim enquanto se aproximava da cidade.

De repente, uma caminhonete azul familiar podia ser vista se aproximando pelo espelho retrovisor. A caminhonete virou para a esquerda e para a direita à distância e estava alcançando rapidamente. Nicole tentou ignorá-lo, mas ele estava a poucos carros de distância. Ela continuou, fazendo o seu melhor para permanecer calma. Ele se aproximou mais um pouco. Ela conseguia ver o sorriso horrível no rosto dele pelo espelho. Ela desviou o olhar, se esforçando muito para não deixar que ele a perturbasse. O sol ainda estava tornando difícil para ela ver a estrada à frente na neblina da manhã. O homem na caminhonete começou a buzinar repetidamente, fazendo sinal para que ela encostasse. Nicole teria apostado que ele tinha bebido, mas tão cedo? Os nós dos seus dedos ficaram brancos com a força que segurava o volante.

A capacidade de Nicole de permanecer calma parecia enfurecê-lo. Ele começou a gritar e pisou no acelerador. O para-choque da caminhonete dele bateu na traseira do seu carro e ela gritou aterrorizada. Lágrimas rolaram pelas suas bochechas enquanto ela vasculhava a bolsa, à procura do celular. *Onde está, onde está?* A caminhonete bateu no seu carro novamente e ela forçou a mão direita de volta no volante, em uma tentativa de mantê-lo na estrada. "Me deixa em paz!" Nicole gritou.

Ele continuou a dirigir logo atrás do seu carro. Ela agarrou sua bolsa e a colocou no colo. Tirou o conteúdo aos punhados e os atirou no banco do passageiro. Então ela viu a capa azul no fundo. Ela ligou para o 190. O número chamou. Chamou outra vez. "Qual é, responde!"

Então, como se a telefonista tivesse ouvido o seu pedido, "190, qual é a sua emergência?"

"Tem um homem me seguindo em uma caminhonete azul. Você precisa me ajudar! Por favor!" Nicole implorou.

"Acalme-se, senhora. Onde você está?"

"Estou na estrada 32, na direção leste. Estou a poucos quilômetros de Carolina. Por favor, me ajude!"

A caminhonete bateu no para-choque do carro outra vez, com mais força dessa vez. Nicole gritou e chorou, depois pressionou o telefone contra o ouvido. Ela o segurou com o ombro, liberando uma mão.

"Meu Deus, ele bateu no meu carro outra vez. Por favor, me ajude!"

"Nós vamos te ajudar, querida. Estou avisando a polícia agora e eles estão a caminho. Preciso que você seja forte e tente manter a calma. Qual é o seu nome?" Perguntou a telefonista.

"Ni... Nicole. Nicole Turner."

"Nicole, eu me chamo Mary. Sei que você está assustada, mas eu quero que você se esforce muito para ficar calma e continue a dirigir. A ajuda estará aí em breve."

Então o homem a surpreendeu. "Ele está recuando um pouco. Você acha que ele sabe que eu chamei a polícia?" Nicole perguntou à Mary.

"Pode ser. Continue dirigindo."

Então ele pressionou o acelerador e começou a aumentar a velocidade. Cada vez mais rápido a caminhonete vinha em direção ao carro dela. Nicole olhou no retrovisor e a viu se aproximando. Ela começou a desviar para o outro lado da estrada, mas foi forçada a voltar quando viu os carros vindo na sua direção. Ela acelerou, tentando aliviar o impacto, mas era tarde demais. O carro dela não conseguia ir rápido o suficiente para fugir de uma caminhonete de corrida. Desta vez ele bateu forte. Nicole soltou um grito e deixou o telefone cair. Ela perdeu o controle do volante e o carro virou para a esquerda, em direção ao trânsito que se aproximava. Ela puxou demais para a direita e o carro começou a girar no sentido horário. O carro atravessou o sinal de *Bem-vindo à Carolina* antes de bater em um carvalho gigante na vala.

"Nicole? *NICOLE!*" Mary chamou ao telefone.

A cabeça dela estava encostada no volante, sangue escorrendo do seu rosto. As sirenes começaram a piscar quando o carro do xerife parou ao lado dela. As luzes estavam apagadas. Sem o sol brilhante. Sem pneus cantando. Não havia nada além de escuridão e silêncio.

CAPÍTULO 2

Quase sete meses antes do acidente, Nicole parou no estacionamento da Clínica Veterinária Carolina. O nervosismo e a excitação pelo seu primeiro dia de trabalho estavam a fazendo se sentir quase doente. Ela jogou a bolsa por cima do ombro direito e agarrou o café com uma mão trêmula. A campainha tocou quando ela finalmente abriu a porta da frente.

"Ah, bom dia. Eu me chamo Nicole. Sou a nova..."

"Ah, sim," a mulher atrás do balcão interrompeu com um sorriso. "Estamos tão felizes de ter você aqui. Venha comigo," disse ela fazendo sinal com a mão, "Eu vou te mostrar tudo e apresentar você a todo mundo. O meu nome é Sherrie. Estou aqui há seis anos. É o melhor trabalho que já tive, sério. Você vai adorar."

Sherrie pareceu muito simpática e acolhedora. Era uma mulher baixa e gordinha que parecia ter por volta de sessenta e cinco anos, mas falava como se tivesse metade da idade. O cabelo estava pintado de um tom ruivo, o que contribuía para a sua personalidade energética Nicole se sentiu otimista até então, mas estava cética sobre se Sherrie era feliz por natureza, ou se era tão bom como ela disse.

"É a primeira vez que você trabalha em uma clínica veterinária, Nicole?"

"Sim. Trabalhei em alguns restaurantes tentando pagar as despesas da faculdade. Mas eu sempre amei animais. Pensava que seria veterinária quando eu era mais nova. Sabe como é... sonho de criança."

"Sim, claro que sim. Mas depois a realidade chega. Pode ser difícil pagar as contas às vezes com tinta e tela," disse Sherrie, enquanto levava Nicole pelo corredor.

"Ah, você pinta, também? Eu adoro pintar."

"Sério? Isso é ótimo! Foi isso que você estudou na faculdade?" Sherrie perguntou.

"Eu comecei pensando que iria entrar em algo criativo como design de interiores, mas o meu amor por animais assumiu o controle. Então eu escolhi Biologia. Ainda não tenho certeza de para onde quero ir com ela. Acho que um dia posso voltar e conseguir o meu mestrado," disse Nicole.

"Isso é fantástico. Bom, boa sorte para você. Espero que tudo ocorra bem. A propósito, essas são as salas de exame ao longo desse corredor. E ali à direita é a sala de raio-X. E lá atrás é onde os outros técnicos como você vão estar, provavelmente. Vamos, eu te mostro o caminho."

Nicole olhou para dentro das salas enquanto caminhava. Ela esperava que cheirasse a cães sujos, mas para a sua surpresa, não era tão ruim. Havia um latido vindo da área da frente. "Essa área aqui é onde realizamos os nossos procedimentos e mantemos todos os animais que precisam ficar para observação. Os medicamentos que receitamos também estão aqui. Ah, Dr. Smith, tenho certeza de que se lembra da Nicole," disse Sherrie.

O veterinário se aproximou e apertou a sua mão. "Sim, Nicole, é bom ver você novamente. Nem acredito que já é o seu primeiro dia. Parece que a sua entrevista foi ontem," disse ele. "Está animada sobre o seu primeiro dia?"

"Sim, só me diga por onde começar."

"É isso que eu gosto de ouvir," exclamou ele.

"É melhor eu voltar para a recepção," disse Sherrie. "Foi um prazer te conhecer, Nicole. Boa sorte."

"Obrigada," respondeu Nicole.

"Deixe eu te apresentar a todo mundo," começou o Dr. Smith. Várias pessoas se reuniram para a apresentação. "Essa é a Ashley. Ela está conosco há dois anos." A morena alta sorriu e estendeu a mão. "Prazer em te conhecer," disse Ashley com uma voz amigável.

"Prazer em te conhecer também," respondeu Nicole.

Outra morena chamada Becky se apresentou. Ela se parecia um pouco com a Ashley, mas um pouco menor e mais jovem.

"E essa é a nossa técnica principal, Carol. Ela está aqui há vinte anos... ou algo assim," disse o Dr. Smith com uma risadinha. "Ela vai tomar conta de você por um tempo."

"Prazer," disse Nicole com um sorriso. Carol forçou um sorriso estranho em troca, mas isso foi o mais longe que a sua saudação chegou. *Bom, olá para você também,* pensou Nicole.

"Bem, tenho que atender o meu primeiro paciente. Nicole, bem-vinda à família. Se tiver alguma pergunta, me avise. E claro, pode perguntar a qualquer técnico veterinário também. Vou te deixar com a Carol." E com isso, ele voltou em direção ao corredor.

"Obrigada," disse ela, e então esperou pelas instruções de Carol sobre o que fazer a seguir. Carol se sentou no banco ao seu lado e em seguida passou a olhar em um microscópio sem dizer uma palavra a Nicole. Alguns minutos se passaram, e Nicole permaneceu em um silêncio constrangedor. Finalmente, ela perguntou com alguma frustração, "Em que você está trabalhando?"

"Estou à procura de vermes," respondeu Carol, sem olhar para cima.

"Ah, legal. O que você está procurando?"

"Estou à procura dos ovos, na verdade." Carol parou por um segundo, então olhou para cima e notou a curiosidade de Nicole. "Pegamos uma amostra de fezes, misturamos com a solução e depois passamos pela centrífuga. Então você faz um slide como esse e olha sob o microscópio para ver se há algum ovo de parasita presente. É um processo muito simples. Eu vou te mostrar como se faz."

"Parece interessante," disse Nicole.

"Sim, é o ponto alto do meu dia. É a sua primeira vez trabalhando como técnica veterinária?"

"Sim. Mas sempre foi um interesse meu."

"Bom, acho que você vai gostar daqui. Todos são legais e fáceis de se conviver, exceto por mim, talvez," disse Carol, rindo para si mesma. "Estou brincando. Às vezes sou vista como um pouco rabugenta, mas sou uma pessoa legal. Só acredito em trabalhar duro. Se uma pessoa trabalha duro, eu normalmente me dou bem com ela."

"Eu te entendo. Eu também sou assim, então acho que vamos ficar bem." Nicole se manteve firme.

"Então, você é da Carolina?" Carol perguntou.

"Originalmente, sim. Fui para a faculdade logo depois da escola, então depois de me formar, decidi voltar para casa. Pensei que iria descobrir quem eu queria ser enquanto estivesse fora. Mas trabalhei como garçonete dia após dia e nunca descobri nada sobre mim, por isso voltei para casa. Pensei que valia mais a pena voltar para a vida com a qual eu estou acostumada e ficar perto dos meus amigos."

"Talvez viver longe de casa e não gostar foi o que você descobriu sobre si mesma," sugeriu Carol.

Nicole concordou com a cabeça. "Bem observado."

Carol deu a Nicole uma visita genérica pela clínica,

mostrando a ela os diferentes aspectos do trabalho. Ela pareceu um pouco áspera no início, mas se mostrou muito simpática quando se abriu um pouco. Nicole logo descobriu por que o Dr. Smith queria que ela seguisse Carol. Ela tinha muito conhecimento e era ótima com os animais. Ela também era uma grande professora; as suas instruções eram compreensíveis e fáceis de seguir.

Elas passaram o dia juntas realizando a rotina diária passo a passo. Ajudaram o veterinário com pacientes, preenchendo receitas, tirando amostras de sangue, e testes para parasitas. Nicole soube desde o primeiro dia que ia adorar esse trabalho. Era muito melhor do que servir clientes rudes como garçonete. Os animais não se queixavam nem discutiam. Não eram indelicados, embora ocasionalmente ficassem rabugentos. Eram criaturas simples. Alguns estavam entusiasmados, alguns nervosos, mas todos eram agradáveis de se trabalhar.

Ao fim do dia, Nicole agradeceu a Carol por toda a sua ajuda e desejou boa noite à equipe. Ela entrou no carro e começou a dirigir para casa, se sentindo cansada e faminta. Àquela altura ela definitivamente não queria fazer o jantar e decidiu pegar um sanduíche no caminho. Nicole saboreou o hambúrguer suculento enquanto ia pela autoestrada em direção ao campo.

Ela finalmente se aproximou da rua onde morava depois de ter rodado pelo que parecia ser uma eternidade. A velha estrada do condado era feita de cascalho, com apenas algumas casas distantes. Nicole estava alugando a casa do pai de um velho amigo que lhe fez um bom preço. Não era muito grande, mas ela não precisava de muito afinal, só para ela e Salem. Ele era o seu gato gordo e rabugento que ela havia salvado do abrigo depois de se formar na faculdade. Ele amava Nicole, mas era muito mau com os poucos estranhos que tinha encontrado.

Ela fechou a porta do carro e foi até a varanda

enquanto tentava vasculhar a bolsa. *Droga, eu sei que pus as chaves aqui,* pensou Nicole sozinha. Os pés descoordenados dela tropeçaram no primeiro degrau. Finalmente ela as tirou da alça, que, claro, era onde estavam o tempo todo.

Ela atravessou a porta, agradecida por estar em casa. Salem a cumprimentou imediatamente. Ele fez várias voltas em torno dos seus pés, tentando se roçar contra as pernas dela. Ela tentou andar sem tropeçar nele. Ele ronronou alto enquanto a assistia colocar a comida na sua tigela. "Aqui está, gatinho."

Nicole passou pela cozinha e entrou na sala de estar, onde ligou a televisão. Ela tirou os sapatos no quarto, se recusando a usá-los por mais tempo do que o necessário. Os chinelos que ela normalmente carregava com ela tinham sido esquecidos naquela manhã. Depois de trocar o uniforme por um calção de basquete, uma camiseta velha e os seus chinelos azuis felpudos, ela foi para o sofá. O seu corpo caiu com toda a força e ela agarrou o controle.

"O que será que está passando essa noite?" Ela perguntou a Salem, como se ele de alguma forma fosse lhe dar a resposta. Ela percorreu os canais tentando encontrar algo que a interessasse. "Notícias, notícias..." ela murmurou em voz alta com desgosto. Ela odiava ver as notícias porque nove em cada dez vezes era deprimente. Ela tentou seguir uma ou duas séries de tv, mas hoje estava à procura de um bom filme.

Finalmente, ela encontrou uma comédia romântica clássica. "Caramba," disse ela a Salem, com um tom pesado de sarcasmo. "Outra lembrança de como a minha vida miserável é chata e solitária."

~

Ela não teve muitos relacionamentos sérios. A maior parte das vezes os rapazes a viam como, bem, um dos rapazes. E ela nunca olhou para nenhum deles como mais do que um amigo, exceto por um... Josh. Josh foi namorado de Nicole durante parte da faculdade. Ela o conheceu em uma das suas aulas e eles se deram bem imediatamente. Ele era charmoso, bonito e inteligente. Ele era o que a maioria das garotas sonha em encontrar. Mas, claro, tal como a maioria das coisas na vida dela, ele acabou por ser bom demais para ser verdade.

Conforme o tempo passou e o relacionamento se desenvolveu, Josh começou a se tornar menos charmoso e mais possessivo. As suas tendências ciumentas se tornaram tão ruins que ele começou a mexer no celular de Nicole quando ela não estava olhando e a segui-la quando eles estavam separados. Então, o que ela menos esperava que acontecesse, aconteceu. Ele perdeu a cabeça quando ela falou com o caixa do supermercado. Para ela, tudo o que tinha feito foi dizer ao rapaz, "Obrigada, tenha um bom dia." Mas para Josh, ela deu uma *olhada*. Ele a acusou de achar que o rapaz era mais bonito do que ele. Assim que voltaram para o carro, ele começou a interrogá-la. Ela ficou furiosa com as perguntas persistentes e se virou para encará-lo, gritando para que ele a deixasse em paz. E ele reagiu com a palma da mão. Ele deixou o lado do seu rosto tão machucado que foi preciso camadas de maquiagem para escondê-lo por dias. Ele se desculpou incansavelmente e ela se convenceu de que ele nunca mais faria aquilo novamente. Mas ele fez.

Várias semanas depois, ele a viu conversando com um colega sobre o trabalho que tinham no dia seguinte. Ele marchou até ela e, em vez de fazer perguntas, a agarrou pelo braço e começou a arrastá-la para fora. O colega gritou: "Ei, cara, qual é o seu problema?" e Josh se virou e lhe deu um soco no queixo. Eles começaram a brigar e Nicole gritou para que Josh parasse. Alguns professores finalmente ouviram a agitação e vieram para acabar com a briga. Nicole fugiu da multidão de pessoas em lágrimas.

Ela ligou para ele mais tarde naquele dia para lhe dizer que queria terminar. Ele implorou, mas ela se manteve firme. Àquela altura, ela só tinha alguns meses até a formatura, então decidiu terminar. Não era tão divertido quanto as pessoas faziam parecer. Ela tinha que levar uma amiga sempre que ia às aulas e alternar onde estacionava o carro. Nicole terminou a faculdade, empacotou suas coisas, e imediatamente se mudou de volta para Carolina, sem nunca mais ter falado com Josh novamente.

Um mês depois, Nicole estava deitada no sofá vendo o filme romântico com Salem. Ela começou a pensar que teria sido melhor ver as notícias. O casal na tela começou a se beijar. Ela assistiu com inveja. *Todos esses filmes sempre mostram a história perfeita com o final perfeito,* pensou ela. Ela olhou para o gato, que parecia estar mais do que satisfeito com a sua vida. "Se ao menos fosse assim que o mundo realmente funcionasse, Salem."

Um flashback da mão de Josh golpeando o seu rosto fez com que ela se encolhesse, e ela fechou os olhos, tentando bloquear a dor. Uma única lágrima caiu no sofá e ela adormeceu.

CAPÍTULO 3

O mês de maio estava bem avançado quando Nicole entrou na clínica para começar outro dia de trabalho. "Bom dia, Sherrie."

"Bom dia, Nicole. Garota, você parece cansada hoje. Está se sentindo bem?"

"Sim, tudo bem. Não dormi bem."

"Outra vez?" Sherrie perguntou preocupada.

"Estou bem, prometo. Tenho tido muita coisa na cabeça, só isso."

Nicole não tinha contado a ninguém no trabalho sobre a experiência com Josh na faculdade e não queria contar. "Então, como está o dia hoje?" Perguntou à Sherrie, tentando mudar de assunto.

"Ah, muito bom. Cheio, mas não *muito* cheio, se é que você me entende." Ela analisou a agenda, usando o dedo indicador para descer a página. "Parece que a Sra. King vem hoje com os gatos. Isso vai ser interessante," disse ela, revirando os olhos. "O Sr. Johnson vai trazer o Max hoje. Ele é um bulldog inglês adorável. Você vai adorá-lo."

"Sr. Johnson?" Nicole perguntou com um piscar de olhos.

"Não, o Max," disse Sherrie rindo. "Ah, o Bentley

está chegando já. Ele é um pastor alemão lindo... muito inteligente e muito bem-comportado."

"Parece divertido," disse Nicole, bocejando. Ela tomou um gole de café e foi para os fundos. Enfiou a bolsa no pequeno armário e inspecionou o cabelo e o rosto no espelho, depois fechou a porta. Uma vez que os últimos goles do seu café foram consumidos, ela atirou o copo no cesto de reciclagem. Depois de mais alguns "Bom dias" e saudações com os seus colegas de trabalho, ela foi até o corredor para verificar os quartos e se preparar para os pacientes. Ela entrou no primeiro quarto e a campainha tocou na porta da frente, o primeiro paciente do dia chegando.

"Bom dia, Mark," disse Sherrie. "E bom dia para você também, Bentley," disse ela ao pastor alemão.

"Bom dia," respondeu Mark. "Nós, bem, quero dizer o Bentley, tem horário marcado às oito," disse ele, sorrindo. "Hoje eu não tenho nenhum," acrescentou ele.

Sherrie deu uma risada quase infantil. "Bem, é claro que não." Mark começou a se sentar. "Não precisa se sentar, querido. Pode ir para os fundos. Você é a primeira consulta do dia."

"Ótimo, obrigado," respondeu ele, parando a meio caminho para se levantar. "Vamos, rapaz," disse ele. Ele levou Bentley em direção a Sherrie, que estava esperando para medir o seu peso. Bentley obedientemente subiu na balança.

"Trinta e quatro quilos. Nossa, você está ficando grandão, Bentley," disse Sherrie com a voz aguda. Ela costumava usar esse tom quando falava com os animais. Era irritante, mas ela estava convencida de que eles gostavam. "Muito bem, rapazes, sigam-me." Sherrie levou Mark e Bentley pelo corredor até a primeira sala. "O médico já vem," disse ela.

"Obrigado," respondeu ele.

Quando ele se virou e entrou na sala, colidiu com

Nicole, que estava voltando correndo para terminar suas rondas. "Nossa!" Ela gritou caindo no chão.

"Ai meu Deus, sinto muito," disse ele, se abaixando para ajudá-la a se levantar.

"Está tudo bem, eu estou bem." Ela procurou por sangue na parte de trás do cotovelo. "Sério, eu estou..."

Ela olhou para o homem, que parecia mais uma parede, contra o qual ela tinha esbarrado e as suas palavras de repente desapareceram. A dor aguda que irradiava pelo seu braço desapareceu. Ele sorriu para ela com a mão direita estendida enquanto segurava a coleira com a esquerda. Seu cabelo escuro ainda estava desarrumado como se ele tivesse acabado de sair da cama, mas mesmo assim ele parecia muito sexy. Ela admirou o seu visual casual de camiseta e calça jeans que era arrematado pelas botas sujas e arranhadas.

"...bem. Estou bem de verdade," finalizou ela suavemente.

"Que bom," disse ele, com uma piscada. "Tudo bem com o seu cotovelo?"

Ela levantou o braço esquerdo e o torceu para olhar para trás. "Está ótimo," respondeu ela, com um sorriso pouco convincente.

Ele olhou para o seu braço e de volta para os seus olhos. "Não parece nada bem. Tem um pouco de sangue escorrendo aí."

"Sim, eu sei, está tudo bem, é sério." Ela colocou a mecha de cabelo castanho atrás da orelha esquerda.

"Você quer um band-aid ou algo assim?" Ele insistiu como se tivesse um para lhe dar.

"Sim. Vou até o banheiro limpar isso. Obrigada," disse ela. Ela corou profundamente e foi embora.

"Desculpe," sussurrou ele, vendo-a se afastar pelo corredor.

Ela parou na porta do banheiro e se virou para olhar para ele novamente antes de tropeçar e fechar a porta as suas costas. Ela se inclinou contra a porta, olhou para o teto, e colocou as palmas das mãos no rosto. *Meu Deus*, pensou ela consigo mesma. Então correu até o espelho para ver se o seu cabelo estava apresentável. Ela arrumou algumas mechas, procurou nos dentes por restos do café da manhã, e tirou ramelas matinais do rosto. Uma vez satisfeita, ela saiu pela porta, tendo esquecido completamente do cotovelo.

O Dr. Smith tinha entrado na sala e estava conversando com Mark, então Nicole foi à recepção atrás da fofoca. "Sherrie. Sherrie," sussurrou Nicole, caminhando até a mesa. "Quem é aquele cara? Que acabou de chegar com o pastor alemão?"

"É o Mark Taylor. Ele é um amor."

"Ele é da Carolina? Eu não me lembro dele," disse Nicole.

"Não. Ele se mudou para cá... provavelmente há uns dois anos, mas eu não tenho certeza de onde ele é. Acho que ele costuma ser reservado, mas ele trabalha do outro lado da rua na oficina. É tudo o que eu sei."

"Certo..." disse Nicole calmamente. Ela olhou para a sala.

"Tudo bem com você?" Sherrie perguntou.

"O quê? Ah. Sim, está tudo bem," Nicole insistiu.

"Ele é bonito, não é?" Sherrie sugeriu empurrando o seu braço amigavelmente.

"É, ele é bem bonito, eu acho."

"Qual é, garota. Parece que você está prestes a se babar inteira."

"Shhhh." Nicole gesticulou para que Sherrie se acalmasse.

"Ele não consegue ouvir a gente, não com o Dr. Smith falando com ele." Sherrie fez uma pausa. Os níveis de ansiedade de Nicole dispararam e ela começou a mexer nas unhas. "Então..." começou Sherrie, "... você quer que eu fale com ele para você? Sabe, perguntar se ele é solteiro ou algo assim?"

"Não!" Nicole exclamou rapidamente. "Quer dizer,

não. Por favor, não diga nada. Desculpa, é que eu não tenho tido muita sorte com os homens. Normalmente eu acabo com um coração partido, ou eles não reparam em mim, ou..."

"Tudo bem, querida, não vou dizer nada. Mas você devia dizer," acrescentou Sherrie.

"Tá, muito engraçado," disse Nicole. "Vou pensar. Mas não importa. Eu te garanto que ele já está comprometido."

Nicole caminhou pelo corredor até os fundos e se sentou em um dos bancos ao lado de Ashley. Ela descobriu que estava tendo dificuldade para se concentrar no que deveria estar fazendo. O dia estava começando a parecer um borrão.

"Nicole? Nicole?" Ashley acenou em frente ao seu rosto. Ela levantou um pouco a voz. "Nikki?"

Nicole ouviu a voz chamar seu nome e levantou a cabeça para olhar em direção à Ashley. "Desculpa, o quê?"

"Estava só me certificando de que você ainda está com a gente. Você parece perdida," acrescentou Ashley.

"Eu *me sinto* perdida," disse Nicole, sorrindo. "Estou bem, só não acordei ainda."

"Sei como é, parece que é segunda-feira outra vez," disse Ashley. Ela tomou um gole grande de café e em seguida soltou o cabelo, passando seus dedos por ele várias vezes. Então abriu o prendedor que ela tinha acabado de remover, torceu o cabelo, o posicionou onde ela queria, e o colocou de volta. "Urgh, eu *não* estou a fim de mexer em cocô hoje. Nojento."

Nicole ouviu as queixas do dia de Ashley por alguns minutos, se inclinando algumas vezes para conferir se a porta do doutor já tinha sido aberta. Quando ela finalmente se abriu, ela tentou se manter ocupada, garantindo que tivesse uma visão clara. O veterinário saiu da sala primeiro e começou a andar em direção aos fundos, depois Mark saiu e levou

Bentley até a recepção. Ele ficou de pé em frente à Sherrie com uma confiança quase doentia. Ele aparentava ser destemido, como se não tivesse nada com o que se preocupar. Nicole o assistiu conversar com Sherrie à distância. Ela observou o rosto e os movimentos dele. O riso dele era contagioso. Ela não podia deixar de notar como o peito e os braços dele eram sensuais. Não era como se ele passasse todos os minutos acordados na academia, mas sim como se tivesse passado muitos verões trabalhando no campo. O seu jeans estava desbotado, mas colorido com riscas de graxa, e um buraco gigante no lado direito expunha o seu joelho.

Nicole não percebeu há quanto tempo estava encarando até olhar para os seus olhos verdes, que agora estavam olhando para ela. Ela corou e olhou para o chão por um momento, em seguida, moveu seu olhar de volta para ele como se estivesse sendo forçada. Ele não tinha desviado o olhar. Em vez disso, ele sorriu para ela com um sorriso que lhe deixou sem fôlego por um momento. O seu peito começou a formigar e ela sorriu incontrolavelmente.

Sherrie entregou o recibo a ele. "Obrigado, senhora. Tenha um bom dia," disse ele.

"Você também," disse Sherrie em troca.

"Vamos, rapaz, vamos voltar ao trabalho," disse Mark a Bentley. Ele olhou para Nicole uma última vez, se virou e saiu.

Nicole imediatamente sentiu uma mistura de emoções. As borboletas no seu estômago estavam lutando com a dor da tristeza por ele ter ido embora. Era um sentimento inexplicável, como se ela o tivesse conhecido durante toda a sua vida e nunca mais fosse vê-lo novamente. Ela olhou pela janela da frente enquanto ele voltava para o trabalho. O cão ficou ao seu lado. Ela se sentiu cativada por esse rapaz que tinha acabado de conhecer. A maneira como ele andava exultava confiança, mas não arrogância. Ele parecia tão... perfeito.

Ela terminou o dia em um transe. Para a sua surpresa, Sherrie não fez mais perguntas sobre o rapaz misterioso e não tentou pressioná-la. Na verdade, ela agiu como se nada tivesse acontecido. O último paciente do dia veio e foi embora e, finalmente, Nicole pegou suas coisas e saiu pela porta. Ela não podia deixar de olhar na direção da oficina, só para ver se conseguia vê-lo. Mas, é claro, ele não estava à vista. Ela se virou e foi para o carro. *O que eu estou fazendo?* perguntou ela a si mesma, abanando a cabeça.

Nicole dirigiu para casa, tentando abafar a montanha de pensamentos que estavam inundando a sua mente. Ela passou a noite como todas as outras... sozinha, com nada além do seu gato e da televisão para lhe fazer companhia. Ela andou pela casa, trocou os canais, e encontrou coisas inúteis e desnecessárias para mantê-la ocupada. Nada a faria esquecer daqueles olhos verdes. Depois de muita deliberação com a sua consciência, ela decidiu que tinha que descobrir mais sobre ele. *Que diabos, certo? O que eu tenho a perder?*

~

No dia seguinte, Nicole acordou cedo e colocou um pouco mais de esforço em sua aparência. Ela normalmente não sentia vontade de usar muita maquiagem ou arrumar o cabelo, porque não via motivo para isso. Dormir mais era muito mais importante. Mas hoje, ela sentiu uma grande inspiração para experimentar essas coisas. Ela ficou no banheiro e aplicou sombra e máscara de cílios. Para a sua surpresa, aquilo lhe deu um impulso de confiança do qual ela vinha sentindo falta há algum tempo. Ela sorriu para si mesma no espelho e arrumou o seu cabelo até que encontrou o visual que queria. "Me deseje sorte, gatinho," disse ela ao Salem, e depois saiu pela porta. Pela primeira vez em muito tempo, ela estava animada para começar o dia.

Ela estacionou no lugar de sempre no pequeno estacionamento de cascalho atrás da clínica veterinária. Uma dose extra de energia lhe deu um vigor renovado. Sherrie tinha acabado de entrar e ainda estava guardando as chaves.

"Bom dia, Sherrie," disse Nicole alegremente.

"Bom dia," respondeu ela, quando olhou de volta para Nicole. "Adorei o seu cabelo. Não estou acostumada a ver ele cacheado assim."

"Obrigada. Eles são assim naturalmente. Eu só não sinto muita vontade de mexer nele."

"Bom, está muito bonito," acrescentou Sherrie.

Nicole caminhou para os fundos e conversou um pouco com Carol sobre a previsão do tempo, descobrindo que seria outro dia ensolarado de primavera. Ela perguntou à Becky como tinha sido a sua noite. Surpresa com o fato de que Nicole estava puxando conversa para variar, Becky respondeu com um "boa" em troca. Ela cumprimentou os outros e se ocupou imediatamente para garantir que tudo estivesse pronto para o dia. As garotas notaram que havia algo de diferente em Nicole, mas não tinham certeza do que era. Elas a observaram de longe por um tempo.

Ashley finalmente olhou para Becky e sussurrou: "A Nicole parece... *diferente* hoje?"

"Eu ia te perguntar a mesma coisa," respondeu Becky.

À distância, Nicole verificava os animais que tinham ficado durante a noite nos canis. Ela cantava suavemente enquanto verificava suas tigelas de água. As duas garotas olharam uma para a outra e sorriram. Elas já sabiam o que a outra estava pensando sem dizer uma palavra. Elas foram até os fundos e pararam ao lado de Nicole. "Então, quem é ele?" Perguntou Becky sem hesitar.

"O quê?" Nicole respondeu se virando.

"Quem é o cara?" Ashley perguntou. "Esse tipo de felicidade só vem de uma coisa," acrescentou ela.

"É, você está muito... feliz," acrescentou Becky, sorrindo.

Nicole corou um pouco e virou a cabeça enquanto sorria. "É tão óbvio assim?" Ela perguntou às meninas.

"Totalmente óbvio," respondeu Ashley.

"Está bem, está bem. Mas não é nada de especial, então por favor não diga nada. Eu nem sequer conheço ele," implorou Nicole.

"Não vamos dizer nada," disse Becky excitada. "Então, quem é ele?"

"Ele esteve aqui ontem," começou Nicole. "Ele foi o nosso primeiro cliente, o cara com o pastor alemão."

"Ah, Mark Taylor!" Ashley disse empurrando Becky no braço com o cotovelo. "Ele é bonito. Ele te convidou para sair?"

"Não, ele me atirou no chão, na verdade. Ele não queria me derrubar, foi um acidente. Você me conhece, sempre desajeitada. Eu esbarrei nele e caí de costas no chão. Também tenho um belo corte como lembrança," disse Nicole, tocando a ferida.

"Então o que aconteceu?" Becky perguntou.

"Na verdade, nada. Ele se desculpou, me ajudou e eu não conseguia dizer nada. Me deu um branco. Depois ele me perguntou se eu estava bem. Eu disse que sim, depois fui ao banheiro lavar o braço. Quando voltei, ele estava com o Dr. Smith e eu me sentei aqui com você, esperando que ele voltasse," disse ela, olhando para Ashley.

"Você devia ter dito alguma coisa," insistiu Ashley. "Eu teria dito alguma coisa a ele por você, ou pegado o número dele ou algo assim."

Nicole sorriu e olhou para o chão, pensando no que

aconteceu a seguir. "Então ele olhou para mim, quando estava de saída. Eu juro que ele olhou diretamente para mim, através de mim, melhor dizendo! Eu não consegui desviar o olhar, os olhos dele me hipnotizaram."

"Awww," responderam as garotas, enquanto colocavam as mãos sobre o coração.

"Isso é tão fofo," disse Becky. "O Tommy costumava olhar me olhar assim, mas agora na maior parte do tempo ele nem repara em mim."

"Droga, eu queria ter alguém," Ashley acrescentou com um toque de amargura.

"Não é nada demais," disse Nicole. "Eu nem pude falar muito com ele. Não deve ser nada."

"Você sentiu alguma coisa. Isso deve significar algo, certo?" Becky sugeriu.

"Acho que sim. Veremos," disse Nicole. O Dr. Smith entrou naquele instante e as garotas foram procurar algo para fazer.

Nicole ficou calada a maior parte da manhã e as garotas não lhe fizeram mais perguntas. Ela se sentiu como se as horas se arrastassem até ao almoço, e na maior parte do tempo tinha vontade de ir até a frente e olhar pela janela. Ela conseguiu resistir, e a vontade quase a matou. Quando chegou a hora do almoço, ela agarrou a bolsa e saiu pela porta. Normalmente, ela trazia o almoço de casa, mas hoje precisava de uma desculpa para sair. Ela virou à esquerda na calçada e olhou para o outro lado da rua mais de uma vez, se movendo a passos lentos em direção ao pequeno café na esquina. Ela podia ver alguns rapazes na oficina, trabalhando, mas era difícil perceber quem eles eram ou como eram. A porta do restaurante estava à sua frente antes que percebesse.

"Só uma pessoa?" A recepcionista perguntou.

"Sim, só eu," respondeu Nicole.

A recepcionista sorriu, pegou um cardápio e instruiu Nicole a segui-la. Ela a levou para uma cabine junto à janela, do que Nicole gostou, e perguntou como ela estava indo.

"Perfeito," disse Nicole.

"A sua garçonete já vem."

"Obrigada."

Nicole sentou e colocou a bolsa próxima ao seu lado na cabine. Ela imediatamente colocou os cotovelos sobre a mesa e mergulhou o rosto nas mãos em frustração. Com outro olhar para fora, ela balançou a cabeça e abriu o menu. Eles serviam o típico: hambúrgueres, batatas fritas, saladas e sobremesas. Ela analisou por alguns minutos até a garçonete chegar. Ela era uma mulher de meia-idade que deixava claro pela expressão no seu rosto que preferia estar em qualquer lugar, exceto no trabalho.

"Você sabe o que quer beber?" Ela perguntou sem entusiasmo.

"Sim, quero um chá, por favor," respondeu Nicole. A garçonete começou a se afastar. "... e estou pronta para fazer o pedido, se estiver tudo bem."

A garçonete bufou e caminhou de volta com um olhar que podia matar. "Pode falar," disse ela à Nicole, sem olhar para o bloco de notas.

"Eu vou querer o sanduíche de queijo suíço e cogumelos, com anéis de cebola em vez de batatas fritas, por favor."

"Fica pronto já, já," murmurou a garçonete enquanto se afastava.

"Aposto que sim," disse Nicole.

Ela dobrou o menu e o colocou no banco perto da janela, pegou o menu das sobremesas e o abriu. Ela estava admirando as fotografias de uma deliciosa torta de creme de chocolate e de uma torta de pêssego, lutando contra a vontade de olhar do outro lado da rua. O restaurante estava surpreendentemente vazio considerando a hora, mas ela estava feliz com isso; ela não gostava de ter muita gente por perto, de qualquer maneira.

Ela ouviu o som da porta se abrir atrás dela e depois fechar.

A recepcionista perguntou: "Só uma pessoa, senhor?"

"Sim, moça," respondeu uma voz masculina.

"Por aqui." Ela parou por alguns momentos. "Que tal aqui?" Ela perguntou gentilmente.

"Perfeito, obrigado," disse ele.

"A sua garçonete já vem," informou a recepcionista antes de ir embora.

Nicole olhou para o homem quando ele começou a abrir o cardápio e lá estava ele. Mark Taylor estava na cabine à sua frente. O coração dela começou a bater rápido, e o seu estômago fez ginástica dentro da sua barriga. Ela rapidamente desviou o olhar e olhou pela janela, tentando encontrar algo remotamente interessante na rua vazia. Mas os olhos dela se voltaram para vê-lo olhando para o cardápio. Ela se sentiu atraída pela forma como ele estava sentado. Um pouco inclinado, mas ainda mantinha a pose. Os olhos dele se moviam para cima e para baixo, examinando as diferentes opções.

Mark deve ter sentido os olhos dela, porque ele levantou a cabeça o suficiente para encará-la por cima do cardápio. Sem saber o que fazer, Nicole olhou para as mãos em cima da mesa, mexendo nas cutículas como de costume.

"Como está o seu cotovelo?" Ele perguntou.

"O quê? Ah, oi," disse ela, como se não soubesse que ele estava sentado ali. "Está ótimo."

"Que bom. Sinto muito por aquilo. Preciso olhar para onde ando," disse Mark.

"Não, a culpa foi minha. Eu fico com tanta pressa e sou muito desastrada. Acredite, qualquer um concordaria."

"Tudo bem. Eu também sou desastrado."

Um momento de silêncio constrangedor se passou e Mark perguntou: "Qual é o seu nome? Não consegui perguntar ontem."

"Nicole, e o seu?"

"Mark."

Bem a tempo, a garçonete mal-humorada foi até a mesa dele. "O você quer beber?"

"Refrigerante de limão, por favor."

Ela foi embora sem mais uma palavra. Ele a observou desaparecer com um olhar de confusão no rosto.

"É, ela também não foi muito simpática comigo," avisou Nicole. "Faça o que for, não peça comida até ela estar pronta, não é legal," acrescentou.

"Obrigado pela dica," disse Mark, rindo. "Ela deve ser nova, porque eu venho aqui o tempo todo e nunca a vi antes. Pensando bem, também nunca vi você aqui."

"Isso seria porque eu nunca estive aqui, ou pelo menos não desde que voltei."

"Sim? Você é da Carolina?"

"Nascida e criada," respondeu ela. "De onde você é, porque eu também não me lembro de você?"

"Sou de Kentucky originalmente, mas me mudei algumas vezes ao longo dos anos."

Ela levantou as sobrancelhas, interessada. "Então... como é que você veio parar em Carolina, Indiana?"

"Eu tenho um tio que mora subindo a rua. Ele é o dono da loja que fica no outro lado. Alguns anos atrás, eu precisava de um emprego e o resto é história," acrescentou ele, juntando as mãos sobre a mesa.

"Eu entendo," respondeu Nicole. A garçonete colocou a bebida dele na mesa, anotou rapidamente o pedido e foi embora.

"Então, onde você estava?" Ele perguntou. Ele percebeu o olhar de confusão no rosto dela, então reiterou: "Você disse 'desde que você voltou', então onde você estava?"

"Faculdade. Me formei em dezembro e voltei para casa." Nicole antecipou a próxima pergunta e começou a responder antes que ele pudesse perguntar. "Eu não gostei muito de estar longe de casa e não estava tendo muita sorte para encontrar um emprego, de qualquer maneira, então voltei."

"O que eu não entendo é, como você voltou há seis meses e eu nunca te vi antes?"

"Sinceramente, eu não saio muito. Vou trabalhar e volto para casa para ficar com o meu gato. Essa é praticamente a extensão da minha vida chata," disse Nicole.

"Ah, qual é, você deve ter amigos com quem sair. Essa é a sua cidade natal."

"Na verdade, não, todos eles se mudaram e começaram famílias," disse ela.

"E os seus pais? Você tem irmãos?"

"A minha irmã ainda está na faculdade, em Ohio. E os meus pais morreram há dois anos em um acidente de carro," disse ela, movendo o olhar pela janela. "Um motorista bêbado atravessou a via e bateu neles de frente."

"Nossa, eu sinto muito," disse Mark, olhando para baixo em arrependimento.

"Tudo bem, você não sabia. É engraçado, eu não tinha falado com ninguém sobre isso há algum tempo."

"É, eu tenho certeza de que você realmente queria falar sobre isso hoje na sua pausa para almoço, graças a mim."

"Esquece isso. Está tudo bem, eu juro," insistiu Nicole.

Eles se sentaram em silêncio até a garçonete aparecer com o sanduíche de Nicole. Ela agradeceu pela comida o que, é claro, ela pareceu ignorar. "Eu pensei em pedir isso," disse Mark, admirando o seu prato. "Eu adoro os sanduíches deles, mas hoje resolvi pedir um Clube, e agora estou arrependido depois de ver o seu," sorriu ele.

"Você quer um pouco? Eu posso cortar. Eu provavelmente não vou conseguir comer tudo, de qualquer maneira," insistiu Nicole.

"Não, tudo bem, vai em frente. E vou ter bastante para comer. Mas obrigado," respondeu Mark.

"Tudo bem. Me avise se mudar de ideia," disse ela, as palavras sendo seguidas por uma grande mordida no seu sanduíche. "É muito bom," murmurou ela, o mais graciosamente possível.

Então a garçonete chegou com o prato dele. Nicole hesitou por um minuto, então decidiu perguntar o que ela queria ter perguntado o tempo todo. "Você quer se sentar aqui? Quer dizer, você está sozinho e eu tenho um lugar sobrando..." Ela baixou um pouco a voz e começou a corar.

Ele a olhou nos olhos novamente e concordou com a cabeça "Eu adoraria." Ele pegou o seu copo gelado, seu prato e escorregou para fora da cabine. "Desculpe pela graxa," disse ele, olhando para as calças.

"Não me incomoda," disse Nicole. "Deve ser melhor do que o que eu tenho nas minhas calças," disse ela. Ela apontou para a coxa esquerda. "Não tenho certeza, mas acho que isso é baba de poodle."

Ele riu. "Eu não sabia, ou teria me preparado."

O orgulho que ele tinha de si mesmo a pegou desprevenida. "Sério, está tudo bem," disse Nicole. "Para mim parece que você trabalha duro."

"Ah, eu não tenho certeza quanto a isso, mas obrigado. É um trabalho sujo, mas adoro e paga as contas."

"Eu te entendo. Eu gosto de trabalhar na clínica veterinária e tudo mais, mas talvez um dia volte para a faculdade e faça o meu mestrado. Não sei," disse Nicole.

"Você devia, se é isso que quer fazer."

"Veremos. Eu não sei se aguento a faculdade de novo. Não foi muito divertido para mim," disse ela.

"Que pena," disse ele. "Por que não?"

"Ah, é que... bom, é uma longa história."

"Entendi," respondeu ele lentamente. Ele não perguntou mais nada sobre a sua experiência universitária e ela não explicou. Conversaram bobagens enquanto comiam, e então a garçonete apareceu com as contas; um lembrete para ambos de que o almoço havia acabado. Ele rapidamente pegou as duas contas e entregou o cartão de crédito à garçonete. "Eu pago," disse ele. "Hoje é por minha conta," disse ele, olhando para os olhos arregalados de Nicole, "...desde que você não se importe," continuou ele.

"Tudo bem, mas só dessa vez," disse ela. "Da próxima vez eu pago."

"Que tal amanhã?" Ele perguntou sem hesitação.

Nicole ficou chocada com a resposta. Ela não tinha pensado se haveria ou não uma próxima vez, mas a sua resposta foi fácil. "Pode contar comigo."

Eles continuaram sentados e esperaram a garçonete voltar com o recibo. Ele agradeceu e desejou a ela um bom dia. A mulher respondeu com um "obrigada" suave e se afastou. Nicole e Mark deixaram alguns dólares na mesa de gorjeta.

"Bom, acho que vou voltar ao trabalho," disse ele, e começou a se levantar.

"É, eu também," respondeu ela. "Obrigada pelo almoço, aliás."

"Foi um prazer."

As bochechas dela voltaram a ficar coradas e ela se esforçou para olhá-lo nos olhos. Eles saíram pela porta. Ela virou à direita para voltar para a clínica, e ele verificou para ter certeza de que podia atravessar a rua.

"Na mesma hora amanhã?"Ele perguntou olhando por cima do ombro.

Ela se virou e respondeu: "Perfeito. Até amanhã."

"Te vejo depois."

Ele atravessou a rua e ela caminhou pela calçada, sorrindo de orelha a orelha. Ela chegou até a clínica e se apressou para entrar. Ela passou por Sherrie e continuou para os fundos, se sentando em um banco. O seu coração continuava a palpitar devido à excitação e nervosismo que ele a fazia sentir. Rasgada por dentro, Nicole sentiu uma felicidade extrema, mas estava assustada de morte. Ela achava que não conseguiria lidar com outro monstro horrível. *Não, ele não é assim*, disse ela a si mesma. Ela olhou para o chão e sonhou acordada, sem perceber quanto tempo havia passado, até que Becky finalmente falou.

"Nicole, você está bem?" Ela parou, à espera de uma resposta, e depois tentou novamente. "Nicole?"

Um pouco assustada, Nicole levantou a cabeça e olhou para Becky. "Sim, eu estou bem. Só um pouco cansada." Essa era a sua resposta programada àquela altura.

"Tudo bem, eu só queria ter certeza. Vi que você saiu para almoçar. Viu alguém interessante?" Becky perguntou numa tentativa desesperada de conseguir detalhes.

"Sim..." Nicole disse sorrindo: "Mark entrou no restaurante e se sentou na cabine ao lado da minha. Eu não consegui acreditar. Comemos juntos e conversamos o tempo todo. Sem ofensa, mas detestei ter que voltar."

"Não me ofendi. Eu também nunca quero voltar," brincou ela. "Isso é fantástico, Nikki," disse Becky.

"E, ouve só, ele me perguntou se eu queria almoçar com ele de novo amanhã. Eu estou tão animada, tão nervosa. Não quero ter muitas esperanças."

"Você está se preocupando demais com isso. Se tiver que acontecer alguma coisa, vai acontecer. E se não, você vai saber."

"Sim, eu sei," disse Nicole. "É só que... eu não quero me machucar."

"Ninguém de nós quer, amiga, mas se você não confiar, então nunca vai saber. E acho que isso é pior," sugeriu Becky.

"Você tem razão," sorriu Nicole.

Nicole terminou o dia no trabalho, o que na verdade pareceu ser uma semana. Ela bateu o ponto e saiu pela porta da frente, olhando imediatamente para o outro lado da rua, esperando qualquer visão de Mark. Aparentemente, a sua sorte para aquele dia já havia acabado, então ela se virou, caminhou até o seu carro e foi para casa. Ela encheu as pequenas orelhas de Salem com o seu dia e tudo o que tinha acontecido ao almoço. O gato se sentou em silêncio e ouviu como sempre fez.

Se sentindo inquieta e cheia de energia, Nicole quase limpou a casa inteira, e então lutou para cair no sono. Era como ter oito anos na véspera de Natal outra vez. Ela sorriu e imaginou como seria o almoço de amanhã.

O que ele vai vestir? O que eu vou vestir? Sobre o que devo falar com ele?

CAPÍTULO 4

Nicole se sentou rapidamente ao som do alarme. Ela saltou da cama com uma energia infantil e correu para se vestir. Ela tirou tempo para arrumar o cabelo e passar um pouco de sombra nos olhos, e correu porta afora. A porta se abriu quando ela voltou para alimentar Salem. "Desculpa, amigão, quase ia me esquecendo." Ela saiu pela porta novamente e foi para o trabalho. Ela ligou o rádio e cantou alto a letra que mal conhecia. Ao contrário da sua viagem habitual para o trabalho, ela se sentia feliz.

É claro que, à essa altura, a notícia sobre o seu encontro no almoço já havia se espalhado pelo escritório. Então, não foi surpresa que Sherrie estivesse ainda mais alegre do que o habitual quando Nicole entrou pela porta.

"Bom dia, Nicole! Como você está nesse lindo dia?" Sherrie chamou.

"Tudo bem, tudo bem," respondeu Nicole com um sorriso. "Coloque tudo para fora. Coloque tudo para fora, agora."

"Ah, é tão fofo," disse Sherrie com um suspiro.

"Amiga, eu ainda nem conheço ele. Só falei com ele uma vez. Eu não ficaria muito excitada."

"Eu sei, eu sei, mas nunca se sabe. Eu adoro histórias românticas."

"Eu também," insistiu Nicole, "mas nunca faço parte de nenhuma delas."

"Bom, talvez a sua sorte mude. Só dê uma oportunidade."

Nicole concordou com a cabeça e se juntou aos outros nos fundos. Ela recebeu mais dos mesmos comentários encorajadores. Até Carol, que não compartilhava muito das fofocas, lhe desejou sorte. É claro, isso provavelmente porque ela tinha dificuldade para conseguir contar uma novidade, graças às conversas das outras garotas. Por mais que Nicole apreciasse o encorajamento, ela insistiu que garotas não ficassem muito animadas.

Ela não perdeu tempo começando o trabalho imediatamente, esperando que ficar ocupada fizesse com que o tempo passasse mais rápido. Sua teoria, no entanto, parecia ser incorreta. O relógio estava certamente se movendo a meia velocidade. À medida que a pausa do almoço se aproximava, o apetite dela começou a desaparecer. Um pouco de náusea se instalou à medida que o seu nervosismo piorou.

Meu Deus, o que eu estou fazendo? Relaxa, Nicole, você consegue. Ontem foi ótimo. Só seja você mesma. Não tem motivo para fazer uma tempestade em copo d'água.

Becky apareceu e interrompeu os seus pensamentos. "Você vai ficar bem?" Becky perguntou, e reparou em Nicole olhando para a parede.

"Sim, eu estou bem. Um pouco nervosa, só isso."

"Olha, vá almoçar como se você estivesse comendo com um velho amigo. Nada de mais."

"É, você tem razão." Nicole pausou por um minuto e então olhou para o relógio novamente. "Certo, me deseje sorte. É melhor eu ir andando."

"Você não precisa," insistiu Becky.

Nicole sorriu para todos, pegou a bolsa e foi em

direção à porta. Ela saiu para um lindo dia de sol. O tempo estava quase perfeito. Ela pôs os óculos de sol e começou a caminhar em direção ao restaurante. Ela olhou em direção à oficina procurando por ele e continuou até chegar à porta. Nicole fez uma pausa, respirou fundo, então agarrou a maçaneta e começou a abrir a porta. De alguma forma, ela parecia ter perdido peso desde o dia anterior. Então ela reparou na mão do outro lado da porta empurrando-a para fora. E lá estava ele.

"Entra, eu reservei a nossa cabine," exclamou Mark.

"Obrigada," disse Nicole. "Você está esperando há muito tempo?"

"Não, acabei de chegar. Um aviso rápido, tenho quase certeza de que a mesma garçonete adorável está trabalhando outra vez."

"Ah, que ótimo," exclamou Nicole.

Eles foram até a cabine e se sentaram nos mesmos lugares do dia anterior.

"Eu posso te dizer uma coisa," anunciou Mark enquanto abria o menu. "Hoje eu definitivamente vou pedir o sanduíche de queijo suíço e cogumelo." Ele deu um sorriso doce em direção a ela do outro lado da mesa.

"Ótimo pedido. Estava muito bom."

A garçonete mal-humorada caminhou até eles e anotou o pedido das bebidas, mas sem a dose adicional de resmungos dessa vez. Mark e Nicole levantaram as sobrancelhas em choque depois dela ter ido embora. "O que aconteceu?" Mark perguntou.

Ela voltou em pouco tempo com as bebidas e eles pediram o sanduíche. "Já trago, pessoal."

Mark imediatamente começou a beber o refrigerante de limão como se não tivesse bebido nada o dia todo. "Desculpe, estou com muita sede," disse ele.

"Você não precisa se desculpar comigo," respondeu Nicole. Ela parou por um momento, então decidiu começar a conversa. "Então... como foi a sua manhã?"

Ela desajeitadamente perguntou a única coisa na qual conseguiu pensar.

"Foi boa, eu acho. Mas pareceu que demorou demais para passar."

"Eu sei o que você quer dizer," disse ela. Ele sorriu para ela do outro lado da mesa e ela olhou para baixo para evitar corar. "Bom, parece que eu falei demais ontem. Me conta mais sobre você. Eu sei que você é do Kentucky e está aqui trabalhando para o seu tio, mas isso é tudo. Você tem mais familiares aqui? O que você gosta de fazer?"

"Vejamos. Os meus pais e irmãos ainda vivem no Kentucky. Eu tenho dois irmãos. Eles são o que você chamaria de 'baderneiros'," disse ele sorrindo. "Os meus pais estão bem. Ela fica em casa na fazenda e ele dirige um caminhão."

"Parece uma ótima família."

"É, eles são." Ele tomou outro gole e depois continuou. "Eu nem sempre me dou bem com os meus irmãos, especialmente com o Jeremy. Mas eu sempre vou amar os dois porque eles são meus irmãos, sabe?"

"É, eu acho que é uma regra, na verdade."

Ele riu e continuou. "Hum, o que mais? Bom, eu gosto praticamente de qualquer coisa ao ar livre: acampar, pescar, e tudo mais. Mas adoro trabalhar com carros. Eu acho que é por isso que gosto tanto de trabalhar na oficina. Não é tão divertido quanto trabalhar no meu próprio carro, mas dá um salário e eu gosto."

"Eu entendo. Mas é muito legal que você pode fazer o que gosta. Muitas pessoas não podem dizer o mesmo," disse Nicole.

"É verdade. Eu adoraria abrir a minha própria oficina um dia. Esse é o meu objetivo."

"Você devia fazer isso mesmo, seria fantástico."

"Um dia. Eu estou tentando guardar dinheiro agora,

mas quando for o momento certo, eu vou tentar," disse Mark.

Eles conversaram por alguns minutos até os seus sanduíches chegarem, então comeram e conversaram como se se conhecessem desde sempre. O relógio agora estava disparando para Nicole. Ela jurou que ele estava acelerando exponencialmente. Em breve seria hora de voltar ao trabalho e ela não fazia ideia do que esperar a seguir. Quando ela voltaria a vê-lo? Talvez ela não devesse vê-lo novamente. Tudo o que ela sabia era que tinha se divertido muito e tudo parecia bom demais para ser verdade, o que mais a assustava.

A garçonete começou a se aproximar com a conta e Nicole lembrou a ele que iria pagar pelo seu almoço. "Tudo bem," cedeu ele relutantemente. "Mas só dessa vez," disse ele, piscando o olho.

"Não tem problema, eu já sou bem crescida," insistiu ela. Ela deu dinheiro à garçonete e Mark pôs algumas notas na mesa. A garçonete rapidamente voltou com o troco e o recibo e desejou a eles um bom dia.

Mark olhou para Nicole e pensou no que ele queria dizer, e percebeu que estava ficando sem tempo. "Então, o que você gosta de fazer quando não está no trabalho?"

"Ah! Eu estava falando sério quando disse que ia trabalhar, voltava para casa e conversava com o meu gato," disse ela.

"Certo, porque eu estava pensando se você gostaria de fazer alguma coisa comigo no sábado... se não estiver muito ocupada com o gato?"

"Hum, eu acho que posso falar com ele e te dar um retorno," informou ela. Ela colocou uma mecha de cabelo atrás da orelha.

"Legal, o que você gostaria de fazer?" Mark perguntou.

Nicole pensou por um minuto. Não havia muito o que fazer em Carolina. Algo tão simples como ir ao cinema significava dirigir cerca de quarenta e cinco minutos. "Quando eu era pequena, o meu pai levava a minha irmã e eu para o açude do meu avô. Ele tinha um velho barco de pesca. Nós saíamos para pescar durante horas. Era tão tranquilo. Eu não saí para pescar desde que ele morreu. Você gostaria de fazer isso?"

"Parece perfeito. Tem um açude grande na propriedade do meu tio. Na verdade, é mais como um lago pequeno, mas a gente pode ir até lá se você quiser."

"Eu adoraria," disse Nicole.

"Tudo bem, eu te pego no sábado de manhã. Se estiver tudo bem."

Ela hesitou por um momento. "Claro, pode ser."

"Podemos nos encontrar em outro lugar, se você preferir," sugeriu ele.

"Não, está tudo bem. Pode ser."

"Legal. A que horas você quer que eu te pegue?" Ele perguntou.

"Às dez?" Ela pediu.

"Está ótimo para mim. Onde você mora?"

"Rua Willow Drive, número duzentos e cinquenta e seis."

"Ah, certo, eu sei onde fica a Willow Drive. Estarei lá às dez. Esteja pronta para uma pescaria inesquecível," acrescentou ele, com o seu típico charme irresistível.

"Vou estar esperando," respondeu ela, não tendo uma resposta melhor para dar. O seu lindo sorriso a deixou sem palavras. Ela baixou os olhos e abriu a porta. Ambos saíram do restaurante e seguiram seus respectivos caminhos, tal como tinham feito no dia anterior.

CAPÍTULO 5

Nicole flutuou durante o resto da semana sonhando acordada. O trabalho foi tranquilo, exceto pelos comentários constantes e perguntas das suas colegas de trabalho, Sherrie em particular. O maior desafio foi lutar contra a excitação o suficiente para conseguir dormir. Ela se deitou noite após noite olhando para o teto, apenas com os seus pensamentos por companhia. Ela se perguntou se esse rapaz era real. Talvez ele fosse tão doce e sexy quanto parecia. Os pensamentos e perguntas inundaram sua mente, mas ela se convenceu de que valia a pena o risco.

No sábado de manhã, Nicole acordou para um dia lindo. Ela fez café, comeu um pouco de cereal, e depois se sentou na varanda com Salem esticado no seu colo. Ela olhou para o telefone várias vezes, esperando o tempo passar. Os minutos demoraram tanto para passar quanto quando ela estava à espera para vê-lo. À medida que a hora da sua chegada finalmente se aproximava, ela decidiu entrar para se preparar. Ela tomou um banho rápido e vestiu o seu short jeans mais confortável e uma blusa sem manga. Ela secou o cabelo castanho comprido e o puxou em um rabo-de-cavalo fofo. E por último, mas não menos importante, vieram os chinelos. Eles estavam completamente desgastados e fora da data de validade, mas ela não se desfazia deles.

Nicole foi até o depósito no quintal. A porta velha ainda estava manchada com os restos de tinta vermelha de quarenta anos atrás. Ela entrou e deixou os seus olhos se ajustarem à mudança de luz. O cheiro de mofo era avassalador. Ela pegou a vara de pesca que estava no canto de trás e se virou para sair justamente quando o som fraco de pneus podia ser ouvido subindo a rua.

Nicole fechou o depósito e correu pelos fundos da casa. Ela fez uma parada rápida na frente do espelho para verificar se a sua aparência era aceitável, e em seguida foi até a janela da frente para olhar para fora. Mark estava dirigindo uma velha caminhonete preta que ele tinha consertado para parecer nova. Combinava muito bem com a sua imagem secreta e sexy. Ele era até mesmo seguro de si quando estava ao volante. Nicole tentou não olhar pela janela por muito tempo, mas era difícil de controlar. *Você é tão patética*, disse ela a si mesma.

Mark estacionou a caminhonete, saiu e começou a andar em direção à casa. Nicole olhou em volta mais uma vez para ter certeza de que estava tudo arrumado, e depois abriu a porta.

"Bom dia, vejo que você me encontrou."

"Sim... encontrei," disse ele lentamente, aparentemente distraído pelo short jeans. Erguendo os olhos para os dela, ele disse: "Adorei o lugar."

"Obrigada. Eu também gosto. Espero que ele me deixe comprá-la um dia."

"Seria fantástico."

"Você quer entrar? Eu preciso correr lá atrás e pegar a minha vara," disse Nicole.

"Sim, obrigado," disse ele educadamente. Ela o

deixou entrar e ele ficou imediatamente impressionado. "Esse lugar é muito legal."

Ela riu por um segundo. "Não é sempre assim tão limpo, acredite. Eu fiz um pouco mais de esforço do que normalmente faria. Mas obrigada, eu agradeço o elogio."

À essa altura, Salem havia descoberto o som de uma nova voz na casa. Ele saiu do quarto para ver o estranho. "E esse deve ser o Salem," disse Mark, olhando para o gato.

"É, esse é o meu gatinho diabólico," disse ela. "Desculpe se ele agir como um chato. Ele não é muito simpático com..." a voz dela desapareceu enquanto ela observava Salem caminhar até Mark. O felino começou a andar para a frente e para trás se esfregando nas pernas dele, "... pessoas que ele não conhece. Bom, ele está provando que eu estou errada. Parece que ele gosta de você."

"Ele provavelmente vai mudar de ideia assim que me conhecer," disse ele. "Ou quando ele conhecer o Bentley."

Nicole riu e não conseguiu deixar de derreter por dentro, vendo Salem ser tão amigável. Ela estava convencida de que aquilo tinha que ser um bom sinal. "Você precisa de alguma coisa antes de sairmos?" Ela perguntou.

"Não, estou bem, obrigado."

"Certo. Hum, eu vou usar o banheiro rapidinho antes de irmos. Volto já."

"Certo."

Ela foi até o banheiro para fazer uma checagem de última hora, depois apagou a luz, pegou a vara e a bolsa - que ela tinha abastecido com garrafas de água e petiscos. Quando ela voltou para a sala, ele estava olhando pela janela. Salem tinha desaparecido. Mark ouviu o barulho da bolsa no seu ombro e se virou para a olhar.

"Pronta para ir?"

"Sim, vamos lá," respondeu ela.

Eles saíram e ela se virou para trancar a porta. Então ela andou até a caminhonete e entrou no lado do passageiro. "De que tipo de música você gosta?" Ele perguntou.

"Bom, eu ouço qualquer coisa, mas rock clássico é o meu favorito." Ele se virou e sorriu para ela. Ela olhou para ele e sorriu. "O que foi?" Ela perguntou.

"Nada, eu só não esperava isso."

Ele ligou a caminhonete, sintonizou a estação de rock local e desceu a rua. Eles dirigiram pelas estradas do interior de Indiana e conversaram sobre o tempo bom e sobre as suas bandas favoritas. Eventualmente, ele diminuiu a velocidade e entrou em uma longa entrada de cascalho. Mark estacionou a caminhonete e desceu para se aproximar do portão trancado à frente deles. Ele puxou as chaves do bolso, destrancou e tirou a corrente, depois empurrou as grades do portão para trás. Ele voltou para a caminhonete e eles seguiram em frente.

Para ela, parecia que a estrada tinha dois quilômetros. Uma parte dela era cercada por um milharal e uma plantação de feijão, depois ela desaparecia por uma área de floresta densa. Nicole não sabia se devia estar entusiasmada ou preocupada sobre ir rumo à floresta com um rapaz que ela mal conhecia. Mas então as árvores limparam e ela estava de frente para o lago mais bonito que já tinha visto. Parecia que alguém o tinha pintado lá. À esquerda, havia uma clareira plana e cheia de relva que se estendia do tamanho de um campo de futebol. Ela podia ver uma doca logo à frente com um barco de pesca amarrado a ela. A madeira tinha envelhecido um pouco, mas ainda parecia incrível. No outro lado da água estavam três lindos salgueiros chorões. Eles dançavam e balançavam de um lado para o outro graciosamente com o vento.

Um bando de gansos estava bicando a relva à sombra dos salgueiros. Os pés de taboa faziam uma linha do lado direito do lago. Esse paraíso escondido estava preso em um milharal em Indiana, e ninguém sabia que ele estava lá.

Mark estacionou a caminhonete debaixo de uma árvore e a desligou.

"Isso é incrível. Sério, é lindo. O seu tio ganhou na loteria com isso aqui," disse Nicole.

"É, eu concordo. Eu adoro aqui. Eu provavelmente passo mais tempo aqui do que ele, para ser honesto," disse Mark com uma risada. "Eu mantenho a grama cortada e ele me dá acesso ilimitado. Um negócio muito bom, eu acho."

"É claro que é!"

"Está pronta?" Ele perguntou animado.

"Vamos lá."

Eles saltaram da caminhonete e foram até a porta traseira. Mark a abriu e descarregou uma caixa térmica. "Eu trouxe umas bebidas e sanduíches, se você quiser alguma coisa."

"Obrigada. Eu trouxe uns lanches também," disse ela pegando a bolsa.

"Fantástico, obrigado."

Eles recolheram o equipamento e foram em direção ao barco. Mark carregou tudo e entrou, depois estendeu a mão para ajudar Nicole a entrar. Ele sentou parte de trás e pegou os remos. Nicole se sentou na frente e levantou sua vara de pesca, inspecionando-a para garantir que estava tudo certo. Ela não pescava desde o ensino médio, mas ainda estava em boa forma. Ele remou o barco através do lago até que eles entraram na sombra dos salgueiros. Nicole ouviu um grupo de rãs-touro tendo uma conversa perto dos pés de taboa. Os gansos ficaram um pouco inquietos quando o barco entrou na sua zona de conforto. Eles vigiaram de perto, mas mantiveram a sua posição.

"Esse é um bom lugar para começar," disse Mark à Nicole. "Eles costumam morder muito aqui, e é fresco e com sombra."

"É perfeito," respondeu Nicole. Ela gostava do som das rãs e do cheiro da água e da vegetação. Os seus sentidos estavam dominados por tudo o que a rodeava. Ela se lembrou dos momentos que passou com o pai.

"Você está bem?" Ele perguntou, notando o olhar vazio em seu rosto.

"Sim, estou bem. É difícil acreditar que estou em um barco novamente."

"Eu entendo. Não importa o que está acontecendo na sua vida, aqui tudo desaparece," disse ele.

Ela sorriu para ele e ele olhou de volta. Por um momento, até a beleza à volta deles desapareceu e eles só viram um ao outro. Ela olhou para o lado e depois para as unhas dos pés, que só agora percebia que tinha esquecido de arrumar.

Ele estendeu a mão e agarrou a isca. "Aqui," disse ele, lhe dando a vasilha.

"Ah, é a coisa mais bonita que já me deram," disse ela.

"Ei, nada menos do que o melhor vindo de Mark Taylor."

Eles riram e cada um agarrou uma minhoca. Ela pescou calmamente de uma ponta do barco e ele da outra. Mais de dez minutos se passaram e nenhum deles recebeu nem ao menos uma mordida.

"Eu sei que você provavelmente deve pensar que eu sou maluco, mas eu juro que esse é um lugar bom."

"Não, eu acredito totalmente em você," respondeu Nicole com um sorriso.

E com isso, a boia de Nicole desapareceu por um segundo e voltou a sair da água. "Ei, você ganhou uma mordida," disse Mark, apontando para a boia.

"Merda, sério?"

"É, acabou de descer," disse ele.

Nicole observou por um momento e a boia voltou a saltar. Ela sabia ser paciente. O peixe só estava dando mordidinhas. A boia mergulhou novamente, dessa vez completamente debaixo d'água. Nicole balançou a vara o suficiente para dar à linha um pequeno puxão. O peixe estava preso. Ela puxou lentamente para revelar um robalo de tamanho decente.

"Boa," disse Mark. Ela tirou o anzol e segurou o peixe ao lado do rosto, sorrindo para a câmera que não estava lá. "Fofo," disse ele, sorrindo.

Ela se inclinou e soltou o peixe de volta na água, depois colocou outra isca no anzol. "Acho que esse lugar vai servir," disse ela.

"É, talvez para você."

"O que eu posso dizer? Só o melhor vindo da Nicole Turner," brincou ela.

"Sim, sim." sorriu ele.

Eles passaram a manhã juntos apreciando a companhia um do outro. Ambos perderam a noção do tempo e nenhum deles tinha com o que se preocupar.

"Certo, eu odeio perguntar, mas podemos ir para terra? Eu realmente preciso, sabe, ir ao banheiro," implorou Nicole.

"Claro, e você está com sorte. Na parte de trás do lago tem uma espécie de... cabaninha, com um banheiro dentro. Não é muito, mas..."

"Não, é ótimo. Eu pensei que teria que ir para trás daquele carvalho grande," respondeu ela em alívio.

Ele sorriu e começou a remar para a costa. Eles puxaram o barco para cima a meio caminho da terra e, assim como ele a tinha ajudado a subir, ela o ajudou a sair. Ele a levou até à cabana, que era, como ele tinha dito, mais como um barracão. Nicole ficou agradavelmente surpreendida quando entrou. Não havia muito; um fogão a lenha, um sofá-cama e um banheiro pequeno, mas era limpo e bastante aconchegante. Havia algumas fotografias antigas na parede que foram emolduradas em uma madeira linda.

"Bom, aqui está. É o suficiente para passar a noite, se alguém quisesse. O banheiro é logo ali," disse ele, apontando para a direita.

"Obrigada."

Quando ela voltou, ele estava olhando para as fotos na parede. Ela se aproximou e ficou ao lado dele. "Esse é meu tio, segurando o peixe," disse ele, olhando para a foto na frente dela.

"Isso é tão legal," respondeu ela. "Quem está ao lado dele?"

"É o meu pai."

"Ah, você se parece com ele."

"É, é o que todo mundo diz. Eu nasci com a cara do meu pai e o charme da minha mãe," disse ele, lhe dando um empurrão de brincadeira no cotovelo.

"Ei," respondeu ela, lhe dando uma batida leve no bíceps.

Ele se virou e riu, e ela sorriu de volta para ele. Então ele olhou para ela de uma maneira que ela não tinha visto antes. Ele a olhou nos olhos, depois para o seu cabelo. O seu olhar seguiu as mechas por trás das suas orelhas furadas. Então a sua mão esquerda se ergueu lentamente até o rosto dela e colocou uma mecha no lugar. A respiração dela parou por um momento e o seu coração pareceu parar de bater, junto com tudo ao seu redor. Ele a olhou de volta nos olhos, e ela teve um forte, quase incontrolável desejo de pressionar os seus lábios contra os dele. Ele limpou a garganta e olhou para outra fotografia. Talvez ele estivesse sentindo o mesmo, pensou ela.

"Então, você quer dar uma volta comigo antes de voltarmos para o lago?"

"Adoraria," respondeu ela, engolindo o caroço em sua garganta.

"Tudo bem. Tem uma trilha aqui atrás que faz uma

volta através da floresta. Não é longa, mas é uma boa caminhada."

"Parece ótimo," respondeu ela.

Ele a levou de volta para fora da cabana e eles caminharam para os fundos, onde ela imediatamente avistou a trilha. Eles entraram por entre as árvores. O caminho fluía como um rio, tecendo e curvando como se a própria Mãe Natureza o tivesse posto lá. Eles caminharam pela trilha, ouvindo os sons ao redor. Havia o canto do que tinha que ser centenas de pássaros, misturado com o esmagar de folhas velhas sob os seus pés. Eventualmente, eles chegaram a uma abertura na floresta que permitia que a luz do sol brilhasse até o chão. Toda a área estava quase coberta de margaridas. Nicole parou e olhou para o mar de branco, destacado pelos raios de sol que brilhavam.

Mark parou e olhou para Nicole, depois olhou para o caminho de margaridas à frente.

"Achei que você ia gostar. Todos os anos quando elas florescem, eu volto aqui só para olhar. Elas nem parecem reais," disse ele. Então ele ouviu um novo som... Nicole estava chorando, seu rosto enterrado nas mãos. "Meu Deus, você está bem? Nicole?" Ele se aproximou e colocou a mão nas costas dela, tentando ver o seu rosto.

Ela limpou as lágrimas e deixou cair os braços. "Eu estou bem. Eu sinto muito. Eu não esperava por isso, e me apanhou desprevenida, só isso." Nicole parou por um momento e Mark esperou pacientemente que ela continuasse. "A minha mãe adorava margaridas. Eram as suas flores preferidas. Ela sempre tinha um buquê na mesa da sala de jantar durante a primavera. Elas eram tão lindas." Nicole fechou os olhos e sorriu. "Eu consigo sentir o cheiro delas misturado com o cheiro dos bolinhos que ela fazia para nós. Ela abria todas as janelas e deixava o ar da manhã entrar. Depois colocava uma bandeja de muffins de mirtilo na mesa com manteiga. A minha irmã e eu comíamos enquanto eles estavam quentes para que a manteiga derretesse. A sala se enchia com o cheiro de mirtilos, da grama, das margaridas na mesa."

Nicole parou de falar e abriu os olhos. Ela se virou e olhou para Mark. "Desculpa, não estou tentando ser uma estraga-prazeres. Eu só sinto falta dela. Sinto falta dos dois."

"Nem consigo imaginar como deve ser difícil para você. E não precisa pedir desculpas. Eu que devia te pedir desculpas por fazer você pensar nisso... Outra vez."

"Não, está tudo bem. Tentar não pensar nisso não muda o que aconteceu. Tudo o que eu posso fazer agora é me lembrar das coisas boas," disse ela.

"Você é tão forte. Eu não acho que conseguiria ser assim," disse Mark.

"Você pode se surpreender. E obrigada, mas eu não sei se sou assim tão forte. Sinto que tudo o que eu faço é fugir das coisas."

"Fugir? De quê?"

"Bom, quando os meus pais morreram, eu estava no meio do meu primeiro ano na faculdade. Voltei para casa para ir ao funeral deles, e depois foi como se tivesse voltado para a faculdade para fugir de ter que pensar nisso. Eu me senti tão culpada," disse ela.

"Não há nada de errado nisso. Tenho certeza de que eles iriam querer que você continuasse indo para a faculdade, como você teria feito se eles ainda estivessem aqui. E tenho certeza de que também te ajudou a esquecer as coisas."

"Sim, acho que sim. Ou talvez tenha ignorado tempo suficiente para que a dor desaparecesse. Seja como for, eu voltei para a faculdade e acabei conhecendo um cara. Ele acabou se mostrando uma pessoa terrível. Então eu voltei para casa assim que me formei. Mais uma vez, tive que fugir." Nicole se calou e olhou para baixo. "Desculpa, eu não devia estar te contando isso."

"Está tudo bem, você pode me contar o que quiser. Então, o que aconteceu com esse cara?" Mark perguntou com curiosidade.

"Bom, no início, estava tudo bem. Ele parecia muito simpático e respeitoso. Então, com o passar do tempo, ele começou a mudar. Ele começou a ficar com ciúmes de coisas estúpidas, como quando eu falava com um colega de turma sobre um trabalho, ou até com o caixa da loja. Se fosse qualquer outro cara que não ele, ele ficava louco. Primeiro, ele me questionou sobre isso, depois começou a me acusar de coisas. Eu disse a ele várias vezes que nunca faria uma coisa dessas, e foi como se ele se recusasse a acreditar em mim." Ela parou por um segundo e Mark a observou de perto, querendo que ela continuasse.

"Depois ele começou a me bater," disse ela calmamente, olhando para as margaridas. "Na primeira vez eu fiquei com muita raiva, mas meio que deixei passar pensando que era, não sei, um acidente, eu acho. Claro, ele pediu desculpas e prometeu que não voltaria a acontecer. Mas aconteceu. Aconteceu outra vez. Eu tinha tanta vergonha de mim por ter deixado ele fazer aquilo e com tanto medo do que ele faria se eu terminasse. Eventualmente, aproveitei a oportunidade e disse a ele para se afastar de mim. Eu estava quase no fim da faculdade, então terminei as aulas o mais depressa possível e fui embora no dia em que me formei. Eu fugi. Fugi de volta para casa."

"Nicole, isso não é fugir, é cuidar de você mesma e da sua segurança. Você fez a coisa certa indo embora, assim como fez a coisa certa quando voltou para a faculdade depois que os seus pais morrerem. Pare de ser tão dura com você mesma. Você me parece uma mulher muito forte e suportou muito mais do que a maioria das pessoas conseguiria," Mark a tranquilizou.

Nicole olhou para ele com olhos chorosos. "Obrigada. Eu agradeço muito."

"Estou falando sério," continuou ele. Ele estendeu o braço direito em volta dela e a puxou contra o seu corpo. A mão esquerda dele acariciou a parte de trás da sua cabeça e ela se sentiu segura. Ele a segurou por um momento, e depois se afastou para a olhar nos olhos novamente. "Vai ficar tudo bem agora."

"Espero que sim, porque eu estou exausta," disse ela, encontrando uma maneira de aliviar o clima.

"Nem consigo imaginar," disse ele. "Então, que tal terminarmos o nosso passeio, e depois podemos voltar para a água, se você quiser?"

"Sim, isso seria muito bom agora."

~

Os dois desfrutaram do resto da trilha. Ela os trouxe para o outro lado do lago perto da doca, o barco ainda repousando na costa do outro lado. Eles continuaram a caminhar ao redor da água. Enquanto passavam pela vegetação, as rãs-touro resmungavam e se abrigavam debaixo d'água, uma a uma. Nenhum deles falou muito desde que deixaram o campo de margaridas. Nicole estava um pouco envergonhada por ter ficado tão chateada, e Mark queria dar a ela um pouco de espaço e tempo para se recuperar. O que parecia ser um milhão de pensamentos percorriam as suas mentes, mas ninguém conseguia produzir quaisquer palavras.

Ao se aproximarem do barco, Nicole tentou pensar em algo para dizer. Ela conseguiu soltar "Então," e ele começou a perguntar "Será," simultaneamente. Ele riu e disse: "Desculpe, pode falar."

"Bom, na verdade eu não sei o que ia dizer. Achei que a coisa certa iria sair quando eu começasse," disse Nicole.

"Ah," ele respondeu de forma tímida.

Nicole esperou um momento para ele começar, e depois decidiu ajudá-lo um pouco. "O que você ia dizer?"

"Só queria saber se você gostaria de ir até a minha casa amanhã. Eu posso te levar para dar uma volta de quadriciclo se você quiser e te mostrar o projeto do meu carro. Não tem muito o que fazer, mas..."

"Eu adoraria," respondeu ela rapidamente.

"Que bom. Eu estava com medo de que você começasse a pensar que eu ia te fazer se sentir mal o tempo todo," disse ele passando os dedos pelo cabelo.

"Não, na verdade, você fez eu me sentir bem como há muito tempo não sentia."

"Sério?" Ele fez uma pausa e levantou as sobrancelhas. "Estou lisonjeado, e um pouco chocado. Obrigado."

Ela sorriu para ele e quase tropeçou para dentro do barco. "Você quer mesmo que eu te mostre como pescar outra vez?" Nicole perguntou.

"Pensando bem, eu não sei. Você está me fazendo parecer incompetente."

"Ah, qual é. Você pegou... alguns."

Ele deu uma risada e disse: "Obrigado."

"Desculpa, só estou brincando," disse ela.

"Eu não me arrependeria se fosse você. Foi uma atuação patética."

"Bom, eu te digo o que você me disse," disse ela. "Pare de ser tão duro com você mesmo."

"Isso mesmo," disse Mark.

Eles subiram de novo no barco e, com um pouco mais de sorte, ele finalmente começou a atrair os peixes. A tarde passou e nenhum deles se sentiu remotamente interessado em ir embora. Eles comeram os deliciosos sanduíches de Mark, tomaram refrigerantes gelados e remaram em volta do lago durante horas. Nicole fechou os olhos por um minuto para permitir que os seus outros sentidos absorvessem o ambiente. Ela os abriu e olhou para a água. Além do pouco movimento atrás deles, a água estava lisa. Ela espelhava a imagem das árvores tentando tocar as nuvens. Os insetos deslizavam por cima da água ao lado do barco como se estivessem apostando corrida com eles.

O sol percorreu o céu azul e as horas restantes da luz do dia diminuíram. Nicole começou a sentir uma sensação de tristeza, sabendo que o dia estava quase no fim. Mark começou a remar de volta para a doca, apesar de não estar com pressa de chegar lá. "Acho melhor levar você para casa," disse ele.

"Sim, Deus sabe que o Salem provavelmente está perdido sem mim," disse Nicole.

Mark se aproximou quando eles alcançaram a doca. Ele amarrou o barco e Nicole o ajudou a levar tudo para a caminhonete. Ambos entraram. Ele ligou o carro e imediatamente jogou o braço para a parte de trás do assento. Como sempre, ele parecia lindo sentado ali. O seu cabelo preto era perfeitamente imperfeito, e o seu jeans tinha buracos nos joelhos que não podiam estar lá quando ele o comprou. Ela descansou as mãos nos joelhos, mas rapidamente começou a se inquietar. Ele olhou para ela e sorriu diante do seu comportamento nervoso, então agarrou o volante para sair.

Nicole queria que a carona para casa durasse para sempre, mas eles chegaram à entrada da sua casa no que pareceu um minuto. O sol estava pairando acima do horizonte, iluminando todos os insetos que estavam voando sobre os campos recém-plantados. Ele estacionou a caminhonete e desligou o motor. Eles permaneceram sentados por um momento e olharam para a vista do outro lado do campo.

"Eu me diverti muito hoje, Mark. Obrigada por me convidar. Eu não pescava há muito tempo. Foi bom finalmente me sentir... relaxada," disse Nicole.

"Fico feliz que você tenha gostado. Você é bem-vinda para ir quando quiser. Claro, da próxima vez você tem que pegar leve comigo."

"Não posso prometer nada."

"Entendi," disse ele. "Tudo o que eu sei é que vou ter trabalho amanhã."

"Por quê?" Ela perguntou por curiosidade.

"Porque eu não sei como vou superar o dia de hoje."

Nicole concordou com a cabeça. "Hoje foi muito bom." Ela olhou para a janela da sala onde Salem estava observando de perto. "Então, como eu chego na sua casa amanhã?" Ela perguntou.

"É fácil. É a próxima casa à esquerda de onde nós estávamos hoje."

"Legal, eu acho que não consigo me confundir. A que horas você quer que eu vá?"

"Quando você quiser. Eu estarei lá," disse Mark.

"Bom, tudo bem, então," disse ela, colocando a mão na maçaneta da porta. Até amanhã."

"Te vejo depois."

Nicole acenou, depois entrou em casa e fechou a porta atrás de si. Ela se inclinou contra a porta por um momento, sem acreditar. Ela deu a ele um segundo para ligar a caminhonete e começar a dirigir, depois olhou pela janela para vê-lo ir embora. Salem olhou para ela do seu lugar de descanso favorito no parapeito da janela.

"Ele não é perfeito?" Ela perguntou ao gato.

Ela caiu no sofá, tendo boas memórias nas quais pensar para variar. Percebendo que seu estômago estava se sentindo um pouco negligenciado, Nicole foi até a cozinha e aqueceu um pouco de sopa. Ela vestiu o pijama e se sentou no canto do sofá sobre as pernas dobradas.

As horas restantes da noite se arrastaram e ela finalmente começou a ficar cansada. Como de costume, ela pegou um cobertor e ficou no sofá para poder continuar a ver televisão. Essa era a sua maneira habitual de abafar todos os pensamentos negativos. Essa noite, ela permaneceu lá apenas porque estava acostumada e as almofadas já tinham o formato das suas curvas. Ao contrário da maioria das noites, ela fechou os olhos sem lágrimas.

CAPÍTULO 6

N a manhã seguinte, Nicole acordou com um raio de sol brilhando no seu olho direito entre a cortina e a moldura da janela. Ela se sentou lentamente e afastou o cabelo do rosto. Uma estranha sensação de confusão recaiu sobre ela, e ela pensou que tinha tido o melhor sonho em eras. Depois se lembrou de que tudo tinha realmente acontecido. Ela se levantou e alongou as articulações antes de ir até o banheiro escovar os dentes e saltar para o chuveiro.

Nicole nunca tinha estado em um quadriciclo antes, por isso não sabia o que vestir. No final, ela decidiu pelos velhos e confiáveis camiseta e short. Ela abandonou os chinelos e em vez disso usou botas. Depois de comer uma tigela de cereais, ela olhou para o relógio. Eram só 9:08h.

É muito cedo para ir até lá? Ela considerou a questão. *Vou ligar para ele*, pensou ela, pegando o telefone. Com o telefone na mão esquerda, ela percebeu que não sabia o número. Ela se forçou a sentar no sofá e esperar um pouco mais antes de pegar as chaves, a bolsa e sair pela porta. Ela não suportava esperar nem mais um minuto.

Parecia que seria outro dia lindo. O céu estava azul, a grama estava verde, e o sol, agora bem distante do horizonte, era amarelo ardente. Ele tinha perdido o brilho de laranja e vermelho que o rodeara anteriormente. No oeste, altos picos de nuvens cumulonimbus podiam ser vistos se aproximando. Parecia o cenário de um filme.

Nicole pegou a estrada e aumentou um pouco o rádio, esperando que a música fizesse o tempo passar mais rápido. Ela se sentia surpreendentemente calma, tendo em conta as circunstâncias. Assim que ela fez a curva na rua dele, no entanto, a emoção começou a se instalar. Do outro lado do campo para a direita, ela podia ver um aglomerado gigante de árvores. Do lado de fora, parecia com todos os outros bosques entre as plantações, mas ela sabia do paraíso secreto que estava alojado lá dentro. Nicole passou pelo portão trancado e continuou pela estrada de cascalho. A poeira atrás dela engoliu a parte de trás do carro. Logo à frente, ela conseguia ver a caminhonete de Mark parada na entrada. Ela diminuiu e estacionou ao lado do seu carro. As partículas de poeira subiram um pouco na estrada até que a nuvem começou a se dissipar. Ela saiu e fechou a porta. Bentley começou a ladrar enquanto corria até ela e ela se abaixou para lhe dar uma saudação amigável.

"Estou aqui atrás!" Mark gritou de algum lugar atrás da casa.

Ela se levantou e começou a dar a volta à casa, com Bentley à frente. O quintal era enorme e a maior parte estava cercada. Havia um velho celeiro no canto que tinha perdido uma parte do revestimento ao longo dos anos. Ela foi até o portão, mas não conseguia ver nem nada e nem ninguém.

"Oi?" Nicole gritou do outro lado do quintal.

"Estou no celeiro! Vem aqui atrás!"

Nicole atravessou o portão e foi até o celeiro, se certificando de não pisar em nenhum excremento animal. Quando entrou, ela foi imediatamente recebida por dois cavalos cujas cabeças estavam saindo das baias à esquerda. O cheiro no ar era uma mistura de palha e estrume. Um carrinho de mão, quase cheio até o topo, estava estacionado em frente a uma baia aberta. Mark apanhou uma última carga com a forquilha e a atirou na pilha. Depois saiu e se encostou à porta.

"Vejo que você conseguiu chegar," disse ele. Ele tirou o boné e levantou a camisa para limpar o suor do rosto.

Nicole deixou cair a bolsa no chão e a apanhou depressa. Ela o assistiu em silêncio, se sentindo um pouco suja com a forma com a qual olhava para ele. Ela teve uma visão rápida do peito e do estômago dele por um momento, enquanto ele limpava o rosto. Ao que parecia, ele tinha cortado as mangas da camisa há anos, coincidentemente permitindo que os seus braços estivessem em exibição perfeita. Mark baixou a camisa e cruzou os braços. O seu jeans e botas estavam sujos, mas ela achou aquilo bastante agradável.

"Desculpa, eu tinha planejado acabar antes que você chegasse." Ele olhou para ela e tentou avaliar o seu silêncio. "Eu prometo que vou tomar banho primeiro," disse ele, olhando para baixo para suas roupas.

"Ah, tudo bem, não me incomoda. E a culpa é minha por ter chegado tão cedo." Ela parou por um momento, então percebeu que ainda estava olhando para ele. "Desculpa, eu não devia ficar aqui olhando para você como uma maluca." Nicole olhou para os pés, tentando esconder seu embaraço.

Mark riu. "Está tudo bem, eu te disse para vir quando você quisesse. Me deixa fechar tudo e nós entramos."

"Você quer que eu te ajude com alguma coisa?"

"Não, só demoro um segundo. Além disso, eu me sentiria muito mal se você tivesse que se sujar." Ele piscou o olho, sabendo de algo que ela não sabia.

Nicole atravessou a porta e colocou a mão direita no

peito, recuperando o fôlego. Ela admirou a casa e o jardim enquanto esperava.

"Os cavalos não te incomodam, não é? Vou deixar eles saírem."

"Eles não me incomodam em nada," disse ela. "Pode soltar."

Um a um, ele soltou os cavalos das suas baias, e eles galoparam para o pasto. Bentley permaneceu imperturbável pelos cavalos e ficou ao lado dela, esperando que Mark saísse. Ele pendurou a forquilha e caminhou na sua direção. "Vamos lá." Ele acenou com a cabeça em direção à casa.

Ela estava convencida de que esse cara era bom demais para ser verdade. Ela olhou para ele algumas vezes enquanto caminhavam, se perguntando o que havia de errado com ele. Tinha que haver algo de errado com ele. Ele fechou o portão quando saíram, e depois a levou para o terraço dos fundos. Eles subiram alguns degraus antes de entrarem na área. Ele tinha alguns móveis de pátio e uma grelha debaixo de uma linda pérgola que cobria todo o espaço.

"É aqui que eu e o Bentley passamos a maior parte do tempo. Gostamos de sentar ao ar livre e ouvir algumas músicas," disse Mark.

"Não te culpo. É muito legal aqui fora. Eu adorei."

"Obrigado. Eu construí na primavera passada," acrescentou ele.

"Você construiu isso?" Ela perguntou.

"Sim, senhorita. Está surpresa?"

"Não, estou impressionada. Não estou surpresa," disse ela.

"Bom, entra. Eu vou tomar um banho rápido e depois podemos dar uma volta," disse ele.

"Ótimo."

Mark a levou até a sala de estar. "Sinta-se em casa. A cozinha é virando o corredor, se você quiser alguma coisa. E o controle, o controle..." disse ele enquanto caçava pela sala de estar, "... está aqui, se você quiser ver televisão ou algo assim. Já volto."

"Ótimo, obrigada," respondeu ela.

Ele seguiu pelo corredor e ela ligou a televisão para ocupar o tempo enquanto esperava. O cão se enrolou aos seus pés e não se mexeu. Mark terminou rapidamente, e ela o ouviu voltar para o quarto para acabar de se arrumar. Ela se absteve de olhar para o fim do corredor e manteve os olhos na TV. Bentley saltou e correu para ver onde ele estava. Alguns minutos depois, Mark voltou para a sala com um novo conjunto de roupas esburacadas.

"Certo, agora podemos ir," disse ele. "Você pode deixar a bolsa na mesa, se quiser."

"Certo."

Ela o seguiu pela lavanderia e até à garagem. Ele pressionou o botão para abrir a porta. A luz vinda de fora inundou o local e revelou a beleza guardada nele. O quadriciclo estava estacionado bem à frente deles, e do outro lado da garagem estava um Shelby GT350 de 1965. O carro era obviamente um projeto para ele. Mark havia tirado parte do motor e a lataria precisava de conserto e pintura. Mas ela o achou lindo, mesmo assim.

"Meu Deus! É... um Shelby!," gritou ela, excitada.

Mark sorriu de orelha a orelha. "É sim, você gosta?"

"Se eu *gosto*? Eu adoro! É o meu favorito."

"Então, você gosta de carros e de rock clássico. Você é cheia de surpresas, não é?" Ele perguntou. "Mais alguma coisa interessante que eu precise saber?"

"Bom, os meus pais ouviam rock, especialmente o meu pai. Eu passei muito tempo com ele e juro que ele tinha sempre o rádio ligado. Mas acho que o verdadeiro amor dele era carros clássicos e corridas. Parecia que todos os fins de semana estávamos em alguma corrida ou exposição de carros. Acho que isso me influenciou um pouco." Os olhos de Nicole estavam cheios de excitação e ela mal conseguia se conter. "Você tem tanta sorte," disse ela.

"É, eu concordo. Era o projeto do meu pai e ele me deu quando me mudei. Ele me contou que já estava planejando fazer isso de qualquer maneira. Agora, ele está aqui e eu estou tentando consertar um pouco de cada vez quando tenho o dinheiro," disse ele.

"Isso é incrível," respondeu Nicole.

"Bom, talvez eu o coloque para funcionar em breve." Mark olhou para ela. Ela estava lá olhando para o carro como uma criança olha para um caminhão dos bombeiros. "Vamos dar uma volta," disse ele, descendo as escadas em direção ao quadriciclo. "Não é tão bonito quanto o carro, mas vai ser divertido, acredite em mim," garantiu Mark. "Você já andou em um antes?"

"Não."

"Tudo bem, talvez eu pegue leve com você," disse ele. Mark subiu, se sentou no banco e a ajudou a fazer o mesmo. "Esse é bem simples. É como um carro automático. Basta rodar a chave para ligar e mudar a marcha para primeira ou marcha à ré. Esse é o botão para os faróis e esse aciona a tração às quatro rodas. Ah, e aqui o acelerador e o freio. Isso é importante." Ela olhava por cima do seu ombro enquanto ele mostrava tudo.

"Parece fácil," disse ela.

"Muito bem, vamos lá. Se segura."

Nicole não tinha quaisquer objeções contra cumprir a ordem. Ela esticou os braços e os envolveu em torno do corpo dele. Ele virou a chave, colocou em primeira e tirou o veículo da garagem. Eles começaram devagar, dando a volta no pátio, depois ele encostou na borda da grama. Havia um longo rastro de verde que dividia dois campos. Ele se estendia até onde os olhos podiam ver e terminava em uma área arborizada. Ele parou e olhou para o caminho à frente deles.

"Está pronta?" Ele perguntou.

"Pronta," disse ela sem hesitação.

"Se agarre bem," ele instruiu, virando o boné para trás.

Ela apertou os braços ao redor das costelas dele e começou a dizer "tudo bem," mas ele não esperou que ela acabasse. Começou com um "tudo" suave e terminou com um "bem!" alto e gritado. Os dois pneus da frente saíram do chão por alguns segundos e Nicole olhou para o céu. Mark deu uma risada e uma expressão sorridente se espalhou pelo seu rosto. Os pneus voltaram à terra e eles aceleraram através dos campos. O rabo de cavalo dela balançava para frente e para trás. A emoção que ela sentia com a velocidade e o vento era inacreditável. Era um sentimento que ela nunca tinha experimentado antes; excitante, mas surpreendentemente relaxante. Ela olhou para os campos e para o céu. Estava azul claro por todo o lado, exceto no oeste, onde uma parede de nuvens escuras se arrastava. Ela fechou os olhos e apreciou do ar fresco da manhã.

Ele eventualmente soltou o acelerador enquanto eles se aproximavam da floresta, que agora parecia muito maior do que quando vista da casa. Após um exame mais atento, ela pôde ver um caminho estreito que conduzia às árvores. Eles deixaram a grama e entraram na floresta, seguindo a trilha. As copas das árvores se fecharam acima deles e, em um momento, o dia pareceu se transformar em noite. A temperatura caiu e o ar se encheu com o cheiro de folhas velhas e pinheiros brancos.

No início, o caminho foi suave e tranquilo. Ele seguiu a trilha que se formou a partir de anos de passagem. De repente, ele parou.

"Já está se divertindo?"

"É ótimo. Eu estou adorando," exclamou ela.

"Essas roupas que você está usando não são as suas

preferidas, são?" Ele perguntou para ela, com uma ligeira hesitação.

"Não... devo perguntar porquê?"

"Por nada," murmurou ele.

Por mais difícil que fosse, ela afastou o olhar do rosto dele e olhou à frente. A trilha parecia desaparecer. Os olhos dela seguiram o caminho o melhor que puderam até que ela estava olhando para a água na base da colina.

"Nós vamos...?" Ela começou.

"Sim," ele respondeu à pergunta inacabada.

"Nós vamos até lá?"

"Sim."

"Não, eu acho que, não sei, e se..." gaguejou ela.

"Nicole, você confia em mim?" Ele se virou para olhar para ela. "Confie em mim."

"Tudo bem. Tudo bem, eu confio em você." Mais uma vez, ela praticamente cortou o seu suprimento de ar, segurando-o o mais apertado que pôde. Então ela apoiou a cabeça nas costas dele.

"Certo, a gente vai inclinar um pouco para trás. Não é tão ruim quanto parece. Vai ficar tudo bem," disse ele, tentando confortá-la.

"Está bem," Nicole respondeu nervosa.

Ele dirigiu para a frente lentamente e deixou que os pneus dianteiros conduzissem o caminho para baixo da colina. Mark controlava a velocidade e a ajudava a se inclinar para trás usando o seu próprio corpo. Ela agarrou a sua camisa e fechou os olhos.

"Certo, levante os seus pés," disse ele.

Nicole abriu os olhos e levantou os pés o mais alto que pôde. O quadriciclo mergulhou na água, engolindo os pneus. Eles chegaram até o outro lado e começaram a subir a margem.

"Agora se incline para a frente," instruiu ele.

"Está bem," respondeu ela.

Eles subiram para o topo da encosta e se nivelaram

novamente. Ele parou e se virou para olhar para ela. Ela parecia um pouco chocada no início, mas então um sorriso apareceu em seu rosto e ela começou a rir.

"Meu Deus, foi tão divertido!" Ela exclamou. "Isso é tão legal. Eu não sabia que esses quadriciclos podiam atravessar a água assim."

"Sim. Desde que não seja muito profundo, ele passa," disse ele. "Está pronta para continuar?"

"Claro que sim, vamos."

"Certo."

Eles permaneceram na trilha, o que era muito mais fácil agora, mas ainda assim muito divertido. O céu continuou a ficar mais escuro e Nicole se viu olhando para cima para ver se ainda era dia. Uma gota de água deixou as nuvens acima e começou a sua viagem para o chão. Ela caiu entre dois carvalhos, evitando os ramos e as folhas que tentavam atrapalhar. Ela se aproximou cada vez mais da terra e depois se espalhou na testa de Nicole enquanto essa passava. Ela levantou a mão direita e a limpou.

"Eu senti uma gota de chuva. Você sentiu?" Ela perguntou.

"Sim, também senti. Caramba, lá se vai o nosso passeio."

"Tudo bem, tenho certeza de que podemos terminar," disse ela, tentando encorajá-lo.

As gotas aumentaram gradualmente no início. Mas então, no que parecia ser um instante, era como se alguém houvesse derrubado um balde do céu sobre eles. Um raio atravessou o céu e um trovão ressoou logo em seguida.

"Uau! Agora preciso te tirar daqui. Mas também não precisamos atravessar um campo aberto." Ele parou para pensar por um momento. "Há um lugar ali à frente onde podemos parar e nos abrigar. É só uma árvore caída. Não é muito, mas vai ajudar," disse Mark.

"Vamos lá!" Ela gritou de volta, em uma tentativa de abafar o som da chuva.

Os pneus traseiros deslizavam para a esquerda e para a direita. Eles escorregaram para fora das curvas da trilha. A lama subia no ar e caia em qualquer coisa nas proximidades. Nicole estava se divertindo acelerando pelo lamaçal.

Mark parou o quadriciclo o mais perto possível da árvore caída. Ele saltou e a ajudou a descer. Eles se agacharam e se apertaram por uma abertura estreita no mato. Uma vez que estavam debaixo do enorme tronco, era como um pequeno abrigo. Eles estavam protegidos por cima pela árvore e ao seu redor havia uma parede de verde causada pela vegetação espessa do chão da floresta. Nicole se sentiu como uma criança outra vez, brincando com a irmã na fazenda.

"Uau, isso é incrível," disse ela, olhando ao redor. "Aqui é bem seco também."

"É, não é legal?"

"Muito," respondeu ela. Nicole examinou o tronco acima deles e viu as formigas marcharem em uma missão. Ela virou a cabeça e olhou através da pequena abertura que elas tinham entrado. O quadriciclo estava quase invisível, agora camuflado em marrom. Ela olhou de volta para a direita, para o mar de verde feito de incontáveis samambaias e árvores jovens. O chão embaixo deles estava coberto por uma camada de folhas velhas e ramos caídos. Ela sorriu e limpou a água que estava pingando das sobrancelhas.

Mark estava sentado em frente a ela. Ele não olhou para a árvore, não olhou para as formigas, e não virou a cabeça para admirar as plantas. Ele olhava para ela. Ela estava encharcada da cabeça aos pés, tremendo, com as pernas debaixo do corpo. Uma mancha gigante de lama cobria um lado do seu rosto. Ele só conseguia se concentrar no quão adorável ela parecia sentada ali e no quanto ele queria abraçá-la e mantê-la aquecida.

Nicole sentiu o olhar dele e se virou. "O quê?" Ela perguntou. "O meu cabelo está desarrumado? Eu posso imaginar como ele deve estar," disse ela, usando suas mãos para alisar o cabelo.

"O seu cabelo está ótimo," disse ele.

Mark ficou de joelhos e se moveu até ela. Ele parou à sua frente. Ela conseguia sentir o cheiro do sabonete dele no ar. As suas pernas tocaram levemente as dela e o olhar dele se tornou sério. Ela ficou um pouco nervosa, sem saber o que esperar. Ele levantou a mão com a intenção de tocá-la na bochecha e Nicole se encolheu. Lembranças começaram a assombrá-la. Sentindo o seu mal-estar, ele parou a mão no ar imediatamente e a olhou nos olhos.

"Eu nunca machucaria você," prometeu ele.

"Eu sei, me desculpa," disse ela, olhando para baixo.

Ele colocou a mão debaixo do seu queixo e gentilmente levantou sua cabeça para que pudesse olhar para ela. "Tem lama no seu rosto." Ele moveu a mão até a bochecha dela e limpou a mancha.

"Ah," respondeu ela, corando profundamente.

"Você não precisa se desculpar comigo," disse ele.

Mark manteve a mão perto do seu rosto e não se afastou dela. Ele manteve contato visual. O corpo de Nicole entrou em choque e ela mal conseguia respirar. Ela o olhou nos olhos, sem saber o que pensar ou dizer.

"Você é tão bonita," disse Mark.

Os olhos dela começaram a lacrimejar. Ela virou a cabeça e se concentrou na folhagem. Uma lágrima desceu pelo seu rosto. Mark estendeu a mão e passou os dedos por entre os seus cabelos por baixo do rabo de cavalo. Ela voltou o olhar para ele. O coração dela estava batendo no peito. Ele olhou para os seus lábios, se inclinou e a puxou para perto. Ela estendeu as duas mãos e o segurou enquanto ele a beijava suavemente, a chuva caindo em torno deles.

CAPÍTULO 7

Sirenes interromperam as ruas pacíficas da Carolina. A ambulância atravessou a cidade a caminho do Hospital Memorial Williams, a vinte quilômetros. O paramédico trabalhou para reparar as feridas abertas de Nicole e parar a hemorragia, mas as lesões eram graves demais para eles. Funcionários da clínica veterinária assistiram em choque enquanto a ambulância passava. Era muito incomum para os locais ouvirem uma comoção como essa.

"Minha nossa," exclamou Sherrie.

"Meu Deus, o que terá acontecido?" Becky perguntou. Ela e Ashley balançaram a cabeça e se viraram para ir até os fundos e se prepararem para o dia.

A ambulância parou em frente às portas da emergência e eles levaram Nicole para dentro. O sangue havia encharcado os curativos na sua cabeça. O seu uniforme do trabalho azul claro estava manchado de vermelho.

"Ela sofreu um grande corte na têmpora esquerda," informou o paramédico enquanto eles a levavam rapidamente para dentro.

"Acidente de carro?" O médico perguntou.

"Sim. O lado do motorista bateu contra uma árvore."

"Ela mostrou alguma resposta?"

"Não, ela está inconsciente desde que chegamos ao local," respondeu o paramédico. "A central do 190 estava com ela na linha até o acidente, depois a chamada caiu."

"Ela ligou para o 190?"

"Sim. Ela disse que uma caminhonete a estava perseguindo."

"Muito bem, obrigado," respondeu o médico. O paramédico foi embora e a equipe do hospital assumiu o comando. Eles começaram imediatamente a trabalhar para avaliar os ferimentos.

De volta à clínica veterinária, os primeiros pacientes do dia haviam chegado e estavam nos fundos nas salas de exame. Sherrie olhou pela janela uma última vez e depois caminhou até os fundos, nervosa. "Algum de vocês teve notícias da Nicole?" Ela perguntou.

"Não, ela não me disse nada," respondeu Becky. Os outros balançaram negativamente a cabeça.

"Isso é tão estranho. Ela nunca deixou de vir sem avisar antes," disse Sherrie.

"Ela provavelmente ficou acordada até tarde com o namoradinho," disse Ashley. "Eu vou ligar para ela."

"Tudo bem, me avisa," disse Sherrie. Ela se virou e voltou pelo corredor até a recepção. Os joelhos dela começaram a dobrar para se sentar na cadeira, mas o seu traseiro nunca tocou no assento. Ela parou a meio caminho e ficou completamente pálida. O seu queixo caiu, olhando para as janelas da frente. "Meu Deus, pessoal, venham aqui!" Ela gritou.

A equipe correu pelo corredor até a sua mesa. Essa não era a voz frenética normal da Sherrie. Eles entraram na sala de espera e a viram olhando para fora. E então eles viram. Parado no único semáforo da cidade, um reboque vermelho carregando um carro familiar, pelo que eles podiam ver. O pequeno carro destruído de Nicole estava na parte de trás do caminhão.

O celular de Ashley continuou a tocar quando caiu no chão. As mãos dela tremeram, cobrindo a sua boca em choque. "Não," murmurou ela através dos dedos.

"Era ela na ambulância?" Becky perguntou.

"Tente manter a calma. Eu vou ligar para a polícia e ver se me dão alguma informação," disse o Dr. Smith.

Sherrie foi até o arquivo. Ela revirou os ficheiros enquanto o Dr. Smith falava ao telefone. Ele desligou e olhou para o grupo.

"Ela está bem?" Sherrie perguntou.

"Levaram ela para o Memorial Williams," disse ele. "Não me disseram mais nada."

Sherrie abriu o ficheiro que havia tirado da gaveta. Ela pegou o telefone e digitou o número de celular que estava na seção de informações. O número chamou. Chamou outra vez.

"Alô?" Uma voz confusa respondeu do outro lado.

"Mark? É a Sherrie da Clínica Veterinária da Carolina."

"Oi, como vai?" Ele respondeu alegremente. "Não esqueci de pagar a minha última conta, esqueci?"

"Não, está tudo bem. Não foi por isso que eu liguei," disse Sherrie.

"Aconteceu alguma coisa?" Mark perguntou.

"Hum, eu realmente não sei o que dizer..."

CAPÍTULO 8

A caminhonete de Mark entrou na autoestrada. O sol nascente brilhou através da janela lateral do motorista. "Acorda," disse ele à Nicole. "Você não está animada por ter levantado tão cedo num sábado?" Ele perguntou sarcástico.

"Eu vou ficar um pouco mais animada quando beber esse café," disse ela, segurando o copo com um sorriso.

Ele sorriu e olhou em frente para a massa de aço e concreto formando a ponte na frente deles. Nicole virou a cabeça e olhou pela janela. Ela havia visto o rio Ohio uma vez, quando era pequena, mas não se lembrava de que era tão grande. Ela pegou a câmara na bolsa ao seu lado e tirou algumas fotos do sol pairando sobre a água. Eles continuaram pelo Kentucky, conversando sem parar sobre o que vinha à mente.

No início, Kentucky se parecia muito com Indiana. Havia campos de milho e feijão em ambos os lados da interestadual, manchados com celeiros e silos distantes. E os cavalos, havia cavalos por todo o lado. No entanto Nicole começou a notar uma mudança na paisagem, conforme eles foram mais para o sul. Os campos foram substituídos por árvores. O caminho de cimento abaixo deles fluía para cima e para baixo com as colinas. Às vezes, ela olhava para uma parede de calcário sólido que parecia ir direto até o céu. A rocha ainda estava marcada pela explosão que o homem tinha feito há muito tempo para abrir espaço para a estrada que continuava lá agora.

Eles continuaram cada vez mais fundo pelo Kentucky. As colinas eram cobertas por uma camada espessa de árvores gigantes. Mark finalmente saiu da interestadual e eles começaram a passar pelas estradas secundárias através da floresta.

"Eu me perderia aqui," disse Nicole.

"É, você poderia se não soubesse para onde está indo."

"Bom, eu provavelmente não me importaria com isso. É lindo aqui."

"É sim," disse ele, acenando com a cabeça em aprovação. "Desde que você não se perca no lugar errado."

"Posso imaginar. Mas aposto que você tem saudade," disse ela.

"Às vezes," disse ele. "Mas eu não me arrependo de ter ido embora. Eu estou feliz onde moro e com o que estou fazendo..." ele parou por um momento. "... e eu não teria te conhecido," acrescentou ele, com a sua habitual camada de charme por cima.

Nicole sorriu de volta e atravessou o banco para se sentar ao lado dele. Ela colocou a cabeça no seu ombro e aproveitou a vista enquanto eles continuavam pela estrada. Parecia que eles haviam dirigido por uma eternidade por entre as árvores antes que ele começasse a diminuir e pegasse um caminho de cascalho. O caminho os levou até uma casa branca de dois andares, com janelas verdes escuras. Eles estacionaram em frente à casa e dois cães velhos ladraram furiosamente e correram até a caminhonete. Mark saltou para fora e se ajoelhou para acariciar os cães, que ladravam, mas não mordiam. Nicole foi cumprimentá-los.

"Esse é o Sammy," disse ele, dando palmadas na

cabeça do cão preto. "E esse é o Hank," acrescentou ele, apontando atrás dele para o cão deitado no chão. "Ele é um pouco preguiçoso. Eles são velhos e lentos, mas são muito simpáticos. Pegamos eles no canil quando eu tinha quinze anos, eu acho."

"Eles são adoráveis," disse ela, coçando Sammy atrás das orelhas.

"Ele será o seu melhor amigo se você continuar fazendo isso," disse ele.

A porta da frente da casa se abriu e uma mulher de cabelo escuro, que não podia ser muito mais alta do que um metro e cinquenta, saiu. Ela era magra, mas passava uma imagem de confiança e força que a fez parecer destemida, assim como o seu filho. Era o tipo de atitude que se esperava de uma mãe de três filhos.

"Você deve ser a Nicole. Bom, se você não é a coisa mais linda?" Disse ela, descendo os degraus. Ela se aproximou de Nicole tão depressa quanto os seus pés conseguiram levá-la, com os braços estendidos. Ela a apertou num abraço e depois deu um passo para trás para olhar para ela. "Mark me disse que você era bonita. Ele tinha razão!"

"Obrigada," respondeu Nicole. Ela olhou para Mark, que ainda estava brincando com os cães. Ele sorriu e olhou para baixo. "É um prazer te conhecer finalmente," disse Nicole.

"É um prazer te conhecer também, querida. Ouvi muito sobre você. O meu nome é Grace, a propósito, mas os meninos me chamam de Mama, então eu suponho que você também devia."

"Tudo bem, Mama," respondeu Nicole.

"Bem, vocês tiveram uma longa viagem. Tenho certeza de que estão com fome. Vou preparar alguma coisa."

"Ah, você não precisa cozinhar," Nicole começou a interceder, mas foi rapidamente silenciada.

"Bobagem, você é minha convidada e é a hora do

almoço. "Vamos lá." Ela acenou com a mão e começou a caminhar de volta para a casa.

Mark se levantou e sorriu. "Você provavelmente vai ganhar cinco quilos antes de irmos embora, só para saber," disse ele. "A Mama adora alimentar as pessoas."

"Eu me sinto péssima. Eu não quero que ela pense que tem que cozinhar para mim," disse Nicole.

"Tudo bem. Ela teria cozinhado de qualquer maneira, acredite em mim." Mark pegou a mão de Nicole e subiu com ela pelos degraus da varanda.

Nicole admirou o interior da casa. Ela adorou tudo, desde os pisos de madeira que rangiam até as belas molduras feitas à mão em volta das portas. A casa já cheirava a biscoitos e bacon do café da manhã.

"Vamos, eu vou te mostrar a casa," disse Mark. Ele a levou pelo corredor. "O banheiro é aqui," disse ele, apontando para uma porta à direita. Eles continuaram pelo corredor até que ele se abriu para um grande aposento onde sua Mama estava caçando na geladeira. "Essa é a cozinha, claro. A sala de jantar é ali." Ele entrou pela porta e virou o corredor. "Voltamos já, Mama."

"Espera, Nicole, você gosta de presunto?" Mama perguntou.

"Sim, qualquer coisa está ótimo, sério," respondeu Nicole.

"Está bem, querida."

"Obrigada, mas você não precisa..."

"Certo, voltamos já," interrompeu Mark. Ele levou Nicole até o andar de cima. "Desculpa, eu sei que ela conversa sem parar. Ela vai ter a oportunidade mais tarde."

"Ah, tudo bem. Ela é tão querida."

"É, e dá para ver que ela só esteve perto de homens. Ela provavelmente não vai saber como lidar tendo outra mulher para conversar, então se prepare," acrescentou ele.

Nicole riu. "Só consigo imaginar o que vocês fizeram ela passar."

"Não queira saber." Eles pararam e entraram em outro corredor. "Esses quartos são dos meus irmãos. Você não quer entrar aí - quem sabe o que vai encontrar? E esse é meu," disse ele, parando na frente da sua porta. "Tente ignorar todos os pôsteres e outras coisas. Eu passei por uma fase. Eu pensei que seria uma grande estrela do rock."

"Tudo bem," disse ela, rindo. "Quem sou eu para julgar? E qual é, não pode ser tão ruim quanto o meu quarto temático de bióloga marinha com golfinhos e baleias por todo o lado."

Ele riu e abriu a porta. Ela rapidamente descobriu o que ele queria dizer com o aviso. As paredes estavam cobertas com pôsteres de bandas de rock. Duas guitarras se inclinavam contra a parede mais distante e ele tinha um conjunto de baquetas autografadas em uma caixa em cima da cômoda.

"Uau!" Nicole fez uma pausa, sem saber o que dizer a seguir.

"Ei, eu te avisei," disse ele.

"Não, eu achei fantástico. Você sabe tocar?" Ela perguntou olhando para as guitarras.

"Um pouco. Nunca acabei de aprender. Mas jurei a mim mesmo que um dia eu vou."

"Você devia. Só se vive uma vez, certo?" Nicole perguntou.

"É, eu sei. É difícil arranjar tempo, entende?" Ele disse.

"Eu entendo." Ela andou pelo quarto e olhou para todos os pôsteres e fotos. "É você?" Ela perguntou apontando para uma foto ao lado das baquetas.

"Sim, sou eu." Ele olhou para ela e sorriu com a sua reação.

"O seu cabelo era tão comprido."

"Também demorei muito tempo para cortar."

"Fica ótimo não importa o que você faça," disse ela.

"Ah, é?" Ele se aproximou dela e a abraçou. Ela se virou para o encarar.

"É." Ela se inclinou para o beijar, e Mama gritou lá de baixo ao mesmo tempo.

"A comida está pronta se estiverem com fome!"

Nicole e Mark sorriram e se viraram para descer. Eles chegaram à mesa onde os pratos já estavam à espera.

"Isso deve segurar vocês até o jantar. O que querem beber? Temos refrigerante, chá, leite..." Mama continuou.

"Claro, chá está ótimo," respondeu Nicole. "Mas eu posso ir buscar."

"Não, deixe comigo. Você fica aí," insistiu Mama.

A porta de trás se abriu, e depois se fechou com a força da mola retrátil. Nicole e Mark olharam para a figura alta na cozinha. Mark engoliu a boca cheia de comida. "Esse é o meu pai, Ben. Pai, essa é a Nicole."

Ela se levantou para lhe apertar a mão. "Muito prazer," disse ela.

"Prazer em conhecer você também. Me avise se tiver algum problema com esse aqui. Eu vou endireitar ele para você."

"Devo me preocupar?" Nicole perguntou brincando.

"Não, Mark sempre foi o certinho." Ben foi até a geladeira para se servir de um copo de chá doce. "Então, Nicole, me fale um pouco de você." Ele se virou para ficar de frente à mesa e se encostou no balcão.

"Bom, não tem muito para saber. Eu me formei na faculdade no inverno passado e tenho trabalhado como técnica veterinária desde então," disse ela.

"Parece interessante. Deve ser divertido trabalhar com todos os animais," disse Ben.

"Sim, eu adoro. Eles nunca reclamam."

Ben deu uma risada. "Boa. Mark me disse que foi onde vocês se conheceram."

"Sim, eu esbarrei com ele, literalmente," explicou Nicole.

"Não é incrível?" Ben perguntou.

"Sabe, eu realmente acredito que tudo acontece por uma razão," disse Mama.

Nicole sorriu. "Eu também acho," disse ela.

Eles conversaram com Mama por um tempo e terminaram os seus sanduíches. Ben desapareceu por uns minutos, depois voltou para a sala com as chaves e uma pequena caixa térmica.

"Nicole, você quer ver um pouco da fazenda?" Ben perguntou. "O quadriciclo está abastecido."

"Sim, seria ótimo!" Ela respondeu.

"Ótimo, encontro vocês lá atrás."

"Está bem, já vamos," disse ela.

Mark e Nicole levaram as malas para dentro. Ela vasculhou suas coisas até encontrar os sapatos.

"Certo, do que mais eu preciso?" Ela se perguntou em voz alta.

"Você devia pegar a sua câmera, e devia ir ao banheiro antes de irmos," disse ele. "Pode ser uma longa viagem."

"Bem pensado," disse ela, procurando na mala novamente.

"Você definitivamente devia passar um pouco de repelente," disse ele. "Se não, os carrapatos e os mosquitos vão te comer viva. Vou pegar quando sairmos."

"Está bem."

"Talvez devesse levar água também. Eu não sei o que o meu pai tem na caixa térmica, mas acho que não é muito hidratante."

"Boa ideia," disse ela, rindo. "Acho que estou pronta."

Eles reuniram as coisas e foram se encontrar com Ben. Ele estava estacionado no celeiro à espera. O quadriciclo era gigante, praticamente maior do que o carro de Nicole, e tinha lugar para quatro.

"Estão prontos? Suba, Nicole. Temos uma caixa térmica, temos um rádio e tenho até papel higiênico em caso de emergências," disse Ben.

"Sério, pai?" Mark perguntou balançando a cabeça.

"Ei, não faz mal estar preparado."

"Verdade," respondeu Nicole. Embora Mark não parecesse afetado pelo humor do seu pai, Nicole o achou bastante engraçado.

Ben ligou o veículo e eles partiram. Ele seguiu a linha de propriedade por um caminho antigo que estava agora quase escondido pelo crescimento da vegetação da floresta. Eles continuaram através das árvores até que a trilha os levou a uma abertura. Agora eles estavam cercados por paredes de rocha. A água caia em cascata numa piscina limpa que parecia pura o suficiente para beber.

"Meu Deus!" Nicole exclamou em choque. "Isso é lindo. Mark, você não me contou sobre isso. Aqui é o paraíso."

"Eu queria que fosse uma surpresa," disse ele. Ele apreciou a felicidade no seu rosto.

"É tão incrível, mal posso acreditar," disse ela.

"Vamos lá, quero te mostrar uma coisa," disse Mark.

"Tem mais?"

Ele pegou duas lanternas e lhe entregou uma. Ela olhou para ele de forma suspeita, mas o seguiu a pé, de qualquer forma, até o outro lado da água. Eles prestaram atenção onde pisavam nas rochas. Uma faixa de terra apenas larga o suficiente para andar sobre os levou para trás da cachoeira, revelando uma pequena abertura na parede.

"Você não é claustrofóbica, não é?" Ele perguntou.

"Não. Por quê?" Ela perguntou relutantemente.

"Você quer entrar? Não vamos longe, eu só quero te mostrar a nossa caverna. Vai ficar tudo bem."

"A sua caverna? Você tem uma caverna também?"

"É, bom, não é nada de especial, mas é muito legal," disse ele.

"Claro, vamos lá."

"Tudo bem, eu vou primeiro. Fique perto de mim," disse Mark. "Voltamos já, pai!"

"Ok, tenha cuidado! E se comportem!" Ben acrescentou.

Mark ficou de quatro e rastejou até à entrada. Ele parou para ligar a lanterna. "Não se preocupe, não vai demorar muito," prometeu ele.

"Está tudo bem, não me incomoda," respondeu Nicole.

Eles continuaram rastejando através do túnel por quase dez metros até que ele finalmente se abriu em uma grande sala. Nicole se levantou e completou uma curva lenta de 360 graus em total admiração pelo que conseguia ver pelo brilho das lanternas. As paredes brilhavam com a água que escorria. A parte de trás da caverna desaparecia numa eternidade de escuridão.

"Até onde isso vai?" Ela perguntou.

"Na verdade, não temos certeza," respondeu Mark. "Fomos bem longe, mas paramos porque fica um pouco perigoso."

"Isso é tão legal. Mas quem sabe até onde ela vai?"

"Sim, é uma loucura pensar nisso," disse ele. "Mas eu sempre quis saber. Quando eu estava no ensino médio, costumava vir aqui às vezes para me afastar dos meus irmãos."

"Nossa, eles eram difíceis, não eram?"

"Não, era a única maneira de me afastar às vezes e ficar sozinho."

Eles se sentaram juntos no brilho da lanterna e falaram sobre alguns dos tempos divertidos da sua adolescência. A voz de Nicole eventualmente começou a estremecer com o tremor do seu corpo.

"É melhor voltarmos. Parece que você está

congelando. Além disso, não quero que o papai deixe a gente para trás," disse Mark.

Nicole olhou para ele, tentando descobrir se ele estava falando sério, já que era muito difícil para ela dizer às vezes.

"Eu estou brincando," disse ele, rindo. "Se muito, ele deve estar dormindo."

Mark tinha razão, Ben estava roncando com a cabeça no encosto. Eles se esgueiraram ao lado dele. "Pai," disse ele. Sem resposta. "Pai." Nada além de roncos. *"Pai!"* Mark chamou mais alto, enquanto cuidadosamente tocava o braço do pai.

A cabeça de Ben se endireitou e os seus olhos se abriram. "Ah, vocês voltaram. Foi rápido."

"É... claro," disse Mark, olhando para o relógio. "Você quer que eu dirija?"

"Não, não, não. Vocês sentem e relaxem. Se preparem e aproveitem a viagem."

Mark e Nicole colocaram o cinto no banco de trás e Ben continuou pelo caminho. Nicole admirou a natureza à sua volta. As árvores pareciam continuar por uma eternidade. Uma corça e a sua cria pararam e, com cuidado, observaram o veículo passar. Nicole tentou tirar uma fotografia, mas eles fugiram mais depressa do que ela conseguiu preparar a câmera.

"Droga," disse ela, baixando a câmara. "Essa também teria sido uma ótima foto."

"Tudo bem. Você pode conseguir tirar outra," a encorajou Mark.

"Espero que sim. Que chato," disse Nicole. Ela continuou a segurar sua câmera e conseguiu obter tirar algumas fotos deslumbrantes da paisagem e de alguns pássaros. O veado permaneceu fora de vista, sem dúvida graças ao som do motor rugindo.

Eles ficaram fora por mais de duas horas quando Ben finalmente chegou ao celeiro. "Bem, o que você achou?" Ele perguntou.

"Você tem uma propriedade linda," disse Nicole. " Eu estou com ciúmes, para ser honesta."

"Obrigado, querida. Saiba que você pode vir quando quiser."

"Vou ter que aceitar isso," disse ela.

Eles caminharam de volta até a casa para encontrar Mama sentada à mesa com uma pilha de álbuns de fotos.

"Mãe, ela acabou de chegar," implorou Mark.

"Eu não ligo. Quero mostrar a ela as fotos do meu bebê. Tenho certeza de que ela gostaria de vê-las," disse Mama.

Nicole olhou para Mark e sorriu. "É claro, eu adoraria, na verdade," disse ela.

"Eu conheço Mark. Ele provavelmente não te mostrou nada disso."

"Ha, ha," respondeu Mark, sarcástico. Ele se sentou e sorriu para Nicole, se desculpando com a sua expressão pelo que ela estava prestes a passar.

Mama abriu a capa do primeiro álbum e passou a folhear as páginas até que chegou à sua primeira foto. "Ah, aqui está uma do dia em que ele nasceu. Olha para todo esse cabelo," exclamou Mama.

"Uau! É muito cabelo," disse Nicole, com uma sobrancelha levantada. Ela empurrou Mark com o cotovelo e lhe deu um sorriso brincalhão.

"É." Mark sorriu de volta.

Mama continuou a folhear as páginas, progredindo através dos anos da sua vida. Nicole ficou contente por Mama querer partilhar as memórias da família com ela. As fotos podem ter sido embaraçosas para ele, mas só a fizeram se apaixonar ainda mais. À medida que as páginas viravam, as fotografias revelavam a sua história com os seus irmãos, a sua banda e os seus sonhos do futebol.

"Você jogou futebol?" Nicole perguntou, nunca tendo ouvido falar sobre isso.

"Mark era um jogador de futebol fantástico. Você devia ter visto ele jogar," disse Mama.

"Eu teria gostado disso," respondeu Nicole.

Ela olhou para ele, surpreendida por encontrar uma expressão desconhecida no seu rosto. Ele olhava para o álbum sem emoção e sem palavras. O jovem normalmente confiante e despreocupado estava mostrando um lado triste que ela nunca tinha visto antes.

Nicole interveio para salvá-lo. "Bom, Mama, eu acho que vou me limpar do nosso passeio. Não sei quanto a ele, mas eu estou me sentindo um pouco suja. E você?" Ela perguntou. Ele se sentou em silêncio por um momento, sem ouvir nada do que ela disse. "Mark?"

"Sim," respondeu ele finalmente, olhando para cima.

"Vou me limpar e me trocar. Eu ainda tenho um pouco de sujeira da caverna em mim," insinuou Nicole.

"Certo. Acho que é melhor eu me limpar também. Voltamos já, Mama."

"Levem o tempo que quiserem, vou começar o jantar em breve. Você gosta de frango frito, Nicole?" Mama perguntou.

"Adoro," respondeu ela. "Me dê alguns minutos e eu venho te ajudar."

"Obrigada, querida, mas você não precisa fazer isso. Você é minha convidada."

"Não tem problema. Eu quero ajudar, de verdade," insistiu Nicole.

"Bom, se você insiste Eu não vou saber o que fazer com uma ajuda na cozinha. Mark costumava ajudar, às vezes, mas o pai não muito."

"Ei, eu sei grelhar um bom bife!" Ben gritou em defesa na poltrona da sala.

Nicole riu, depois subiu as escadas, com Mark logo atrás. Eles foram para o quarto dele sem dizer uma palavra e ela pegou a mala para encontrar uma muda de roupa. Ele caiu na cama e olhou para o teto. Ela não sabia como se aproximar do silêncio dele. Tudo o que ela conseguiu murmurar foi um "Então..." sem jeito.

"Era o nosso jogo de boas-vindas, último ano. Eles eram os nossos maiores rivais e ambos os times ainda não tinham sido derrotados, é claro. Eu estava tendo uma temporada incrível. Cinco faculdades me ofereceram bolsa. Estávamos correndo pelo campo, perdendo de vinte e oito a vinte e quatro no quarto tempo, com apenas quatro minutos restantes no jogo. Eu recuei para fazer o passe. Levi estava livre. Então eu vi ele chegando. Carter Stanton, a melhor defesa deles, atravessou a linha e correu na minha direção. Eu olhei para Levi e lancei. E foi isso; eu só me lembro de todos os treinadores e da equipe que estavam ao meu redor depois. Eu não conseguia sentir nada, mas de alguma forma, eu sabia que ia ser tudo diferente. Era o fim. O meu joelho estava destruído. Essa porcaria ainda dói às vezes."

"Então foi isso?" Ela perguntou. "Eles não te quiseram mais?"

"Não, o meu joelho estava muito acabado, e foi o fim para mim depois disso. Eu sabia que demoraria muito tempo para voltar a ficar saudável, se um dia voltasse. E eles tinham opções de jogadores sem ferimentos para escolher. A única chance que eu tinha era tentar me curar e voltar mais tarde, mas isso não ia acontecer. Simplesmente não era para ser," disse ele.

"Eu sinto muito, Mark. Isso é horrível," disse ela, sentada ao lado dele na cama.

"Ah, tudo bem. Eu já não pensava nisso há algum tempo." Ele balançou a cabeça e continuou. "De qualquer forma, terminei o ano de muletas, me formei, e assim que pude, comecei a trabalhar. Tudo o que eu queria era esquecer aquilo e poupar dinheiro. Eventualmente, me mudei para cá, e o resto é história."

Nicole fez uma pausa, tentando descobrir o que dizer a seguir. "Eu acho que vocês ganharam o jogo?"

"Sim, ganhamos. Levi apanhou a bola e fez um touchdown. Ele não fazia ideia de que eu estava no chão."

"Que loucura," disse ela.

"Sim, mas sabe do que mais? É só um jogo. E eu estou feliz com a minha vida," disse ele.

"É bom mesmo que você esteja feliz com uma mulher tão boa como eu."

"Bem pensado," disse ele, sorrindo.

"Eu estou brincando." Ela lhe deu um beijo para o animar. "Certo, eu realmente preciso de uma ducha."

"Vou buscar uma toalha."

"Obrigada. É, eu acho que devia tomar banho antes de ajudar ela a fazer o jantar," disse ela.

"Tudo bem, espera um pouco." Ele saiu do quarto e voltou com uma toalha de banho e uma de rosto. "Tem um banheiro do outro lado do corredor."

"Obrigada, volto já." Nicole pegou suas roupas, produtos de higiene e a toalha, e foi para o chuveiro. Assim que terminou, Mark entrou logo atrás dela. Ela escovou o cabelo, o puxou de volta em um rabo de cavalo alto e foi para o andar de baixo.

Mama tinha uma pilha de frango no balcão e estava temperando-o com sal e pimenta. A cozinha cheirava à gordura quente que estava à espera numa frigideira de ferro fundido no fogão. Uma tigela de farinha e uma tigela de ovos batidos estavam perto do fogão.

"Como posso ajudar?" Nicole perguntou.

Mama olhou Mark por cima do ombro para ver Nicole atrás dela. "Bom, você já fritou frango?"

"Nunca, mas eu aprendo depressa."

"Não se preocupe, não é nada difícil. Eu tempero um pouco as peças, mergulho elas no ovo, cubro com farinha e coloco na panela. E eu gosto de mergulhar elas no ovo e na farinha novamente só para adicionar um pouco mais de casca," disse Mama.

"Parece bom," disse Nicole. Ela lavou as mãos e ficou ao lado da Mama.

"Que tal eu fazer o primeiro e depois você continua?"

"Claro," disse Nicole. Ela observou Mama acabar o primeiro, depois começou a cobrir frango e a empilhá-lo num prato. Uma vez que tinha o suficiente para fazer uma camada na panela, ela começou a colocá-los na gordura quente. "Então, como eu vou saber quando ele está pronto?"

"Normalmente são cerca de quinze minutos, talvez vinte. Mas lembre-se, uma regra básica é que quando o suco ficar límpido, isso deve ser feito. Se tiver alguma dúvida, é possível verificar a mais grossa para ter certeza, mas não deve ser preciso," disse Mama.

"Muito bem, parece muito fácil."

"É, querida. Eu descasquei e cortei algumas batatas e enfiei elas no forno antes de você descer. Eu gosto de colocar elas num prato com manteiga, queijo e um pouco de creme de leite. Coloque um pouco de sal e pimenta e cozinhe até ficarem macias," disse Mama.

"Hum, parece muito bom," Nicole murmurou com a boca cheia de saliva.

Nicole e Mama conversaram e fritaram frango até a pilha desaparecer. Enquanto isso, Mark tinha acabado de se vestir e desceu para se juntar a elas. Ele ajudou a manter os pratos limpos e arrumados.

"Ah, meu querido Mark. Ele sempre foi o meu grande ajudante," disse Mama, passando o braço em torno das suas costelas.

Mark abraçou Mama e olhou para Nicole. As entranhas dela tremeram.

"Mama e eu fizemos um frango delicioso se você for corajoso o suficiente para experimentar," disse Nicole.

"Cheira muito bem," disse Mark.

"Mark, querido, pode buscar o seu pai? Acho que ele está no celeiro," disse Mama.

"Ok, vou buscar ele."

"Obrigado, querido," disse Mama.

Mark e Ben voltaram rapidamente. "Nossa, o cheiro está muito bom. Mal posso esperar para comer," exclamou Ben.

"Nicole, você é a convidada, por isso pegue um prato e coma primeiro," insistiu Mama.

"Tem certeza?" Nicole perguntou.

"Sim, pode atacar," disse Ben.

"Certo, obrigada." Nicole fez um prato e a família a seguiu.

"O dia está lindo. Vocês querem sentar lá fora?" Mama perguntou.

"Parece ótimo para mim," disse Nicole. Ela seguiu a família até o pátio, e eles se reuniram em torno da mesa.

"Parece uma delícia, moças. Obrigado por fazerem tudo isso," disse Ben.

"A Nicole cozinhou, eu só falei demais," disse Mama.

"Foi um trabalho de equipe," disse Nicole.

"Bem, de qualquer forma, obrigado a ambas por uma refeição deliciosa," disse Ben.

"Sim, obrigado. Parece ótimo," acrescentou Mark.

"Espero que esteja gostoso também," disse Nicole.

"Está muito bom," murmurou Ben com a boca cheia.

"Benjamin..." Mama repreendeu. Ela riu da boca dele, que estava quase cheia de frango parcialmente mastigado.

Mark e Nicole sorriram, então ela deu a primeira mordida na coxa em seu prato. Ela não conseguia acreditar como Ben estava certo. O frango estava excelente. Nicole sentiu orgulho por ter feito frango frito pela primeira vez... com a ajuda da Mama, é claro.

Os quatro sentaram e conversaram como se Nicole fizesse parte da família desde sempre. Naturalmente, os pais de Mark apreciaram a oportunidade para se gabarem sobre o filho. Eles incluíram algumas histórias malucas para adicionar um pouco de interesse. Nicole contou todas as informações pertinentes sobre ela, lembrando de como era bom sentar à mesa e conversar com a família. O sol correu através do céu e agora se aproximava do horizonte.

"Que tal se eu fizer um fogo?" Disse Ben. "Podemos sentar lá fora mais um pouco e desfrutar do belo clima de julho."

"Parece ótimo," respondeu Nicole. "Quer que Mark e eu busquemos lenha?"

Mark sorriu e abanou a cabeça em descrença.

"É muito simpático da sua parte, querida, mas eu tenho uma pilha grande empilhada atrás do celeiro," disse Ben.

"Está bem, eu ajudo a limpar então," insistiu Nicole.

"Quantas vezes eu tenho que dizer, você não precisa vir aqui e trabalhar?" Mama perguntou. "Eu vou limpar. Vocês se divirtam."

"Podemos ir dar um passeio rápido antes que escureça," disse Mark, segurando a mão de Nicole. "Vamos lá." Ele a levou pelo quintal.

"Eu realmente adorei os seus pais," disse Nicole. "Eles são tão doces."

"Obrigado," respondeu ele. "Eles também gostam de você."

"Sério?"

"É, eu consigo perceber. Quer dizer, a Mama fez frango com você. É tudo o que preciso dizer."

Nicole riu. "Eu acho que você tem razão. Eu senti que ela queria me ensinar alguma coisa; como se eu fosse filha dela. Eu me senti muito bem."

"Aos olhos dela, você é filha dela agora," disse Mark.

O rosto de Nicole se iluminou. Eles continuaram a andar até se aproximarem de uma linha de árvores. Um caminho estreito desaparecia entre as árvores. "Vamos lá, eu quero te mostrar uma coisa," disse ele.

"Mais surpresas? É possível?"

"Você vai ver," insistiu ele. Eles continuaram lado a lado através do caminho de arbustos e troncos de árvores até que o céu apareceu do outro lado. Ele parou na trilha e se virou para olhar para ela. "Tem que fechar os olhos," disse ele.

"Está bem," concordou ela. Nicole levantou as sobrancelhas por um momento e depois fechou os olhos com força.

Ele a guiou através do resto das árvores e até à relva que ficava por baixo delas no outro lado. "Não olhe ainda," disse ele.

"Não vou," insistiu ela.

Eles continuaram a subir a encosta verde até o topo, então ele parou. Ele soltou a mão dela e passou as pontas dos dedos pelo seu braço até descansaram sobre o seu ombro. Depois, ele passou o braço ao redor dela e ficou ao seu lado para que pudesse ver a sua expressão. "Tudo bem, pode olhar."

Ela abriu os olhos e ficou ofegante com o que viu. Eles estavam em cima do cume de uma cordilheira. Colinas ondulantes e árvores se estendiam até onde os seus olhos podiam ver. O verde era dividido com uma faixa sinuosa de laranja do rio que refletia o céu dourado. À direita estava um coreto, perfeitamente posicionado para apreciar a vista.

"Meu Deus! Mark, isso é incrível," exclamou Nicole.

"Gostou?" Ele perguntou.

"Eu adorei."

"O coreto foi um presente do meu pai para a mamãe. Ele construiu para ela quando eu era criança. Ela vem muito para cá para ler e relaxar."

"Percebo perfeitamente por quê. Isso é de tirar o fôlego. Você teve tanta sorte de ter um lugar tão maravilhoso para crescer. É como um conto de fadas," disse Nicole.

"É, eu não entendia na época, mas agora vejo." Ele olhou para ela e acenou para o coreto. "Vem ver."

Eles entraram e se viraram para o rio. Nicole sorriu de dentro para fora, um sorriso que só acontece com a verdadeira serenidade. Mark se virou para ela e olhou para cada sarda e curva no seu rosto. Ele levantou a mão e acariciou sua bochecha levemente. Ela fechou os olhos e mergulhou no toque dele. Depois, ele a abraçou e começou a balançar de um lado para o outro. Nicole descansou a bochecha no seu peito e ouviu o som do seu coração, o único som que podia ser ouvido. Ela respirou o cheiro dele, uma forma de calmante. Eles dançaram juntos no topo do mundo.

"Estão prontos?" Ben perguntou da linha das árvores atrás deles.

Mark abriu os olhos e olhou para baixo. "Na hora certa, pai."

Nicole levantou a cabeça e riu. Ela o puxou para os degraus. "Vamos lá. Podemos voltar mais tarde," insistiu ela.

"Bem pensado," disse ele.

Eles seguiram Ben até à casa. A fumaça estava subindo da fogueira onde o fogo estava aceso, no meio de quatro cadeiras brancas.

"Quer beber alguma coisa?" Ben perguntou à Nicole.

"Claro, mas não precisa ir buscar. Eu vou."

"Vamos, eu vou com você," disse Mark.

Eles foram à cozinha buscar algumas bebidas e voltaram para fora. A casa estava cheia com o aroma de pipoca.

"Parece que a Mama está na cozinha de novo," disse Mark.

"Ela para em algum momento?" Nicole perguntou.

"Não, nunca."

"Nossa, deve ter sido cansativo para ela, viver com todos vocês," disse Nicole.

"Você pode achar que sim, mas eu acho que é o

combustível dela. Ela só quer cuidar das pessoas o tempo todo."

Nicole e Mark saíram e se sentaram nas duas cadeiras abertas, que convenientemente tinham sido colocadas juntas. Uma tigela gigante de pipoca estava na pequena mesa espremida entre eles.

"Foi um prazer ter você aqui," disse Mama à Nicole.

"Obrigada por me receber. Eu me diverti muito."

"Mark nunca trouxe garotas para casa..." Ben começou a dizer.

Mark antecipou o comentário e interceptou. "Pai, qual é."

"É mesmo?" Nicole interrogou brincando.

"Não, aquele rapaz estava sempre trabalhando num carro, ou correndo por aí com os amigos," acrescentou Ben, sorrindo. "Mas ele era um bom rapaz. É claro, ele se meteu em problemas algumas vezes como a maioria dos meninos, mas nunca nada sério," disse ele.

"Ele era um garoto muito bom," disse a mãe.

Mark corou e olhou para Nicole. O estômago dela estava cheio de borboletas. O olhar dele era cativante, tornando difícil para ela respirar. Os pais dele continuaram a conversar com ela até o fogo ter se transformado em brasas.

"Bem, vou me deitar. Ben, querido, você vai apagar o fogo antes de entrar?"

"Sim, querida," respondeu ele.

"Estou ficando cansado também. E você?" Mark perguntou sutilmente à Nicole.

"Sim, estou muito cansada. Foi um longo dia com a viagem... e a exploração da caverna," respondeu Nicole, tentando não soar estranha.

"Tudo bem, vejo vocês de manhã, então," disse Ben.

"Boa noite, pai." Mark e Nicole se levantaram e voltaram para a casa.

"Boa noite, pessoal," disse Ben.

Nicole e Mark subiram para trocar de roupa para a

cama. Ela lhe deu um empurrão nas costelas. "A única garota, hein?"

Ele passou a mão pelo cabelo e olhou para ela. "É... bom..."

"Tudo bem. Estou lisonjeada," acrescentou ela.

"É só que, eu nunca me senti assim antes. Todas as garotas que conheci eram iguais. Elas eram tão falsas, sem nenhum... nenhum caráter. E então eu te conheci. Você é real. Você é boa e bem humorada. E é tão bonita. Eu soube logo que nos conhecemos que você era especial. Não podia acreditar que você não estava num relacionamento."

"Ah, que fofo. Nem sei o que dizer. Obrigada. Na verdade, vou ficar com o 'obrigada' porque não consigo superar o que você disse."

"Não pode mesmo," disse Mark, o mais seriamente possível.

Ela sorriu e se esticou para bater no braço dele.

Ele riu e esfregou o braço. "Ai!"

"Eu mal toquei em você, bebezão," disse Nicole.

Ele cuspiu palavras entre gemidos. "Eu vou... ficar... com hematoma."

Nicole não disse uma palavra, mas a sua expressão falou por si mesma como se tivesse lhe dito: "Me poupe."

Os dois pegaram os pijamas e Nicole foi ao banheiro trocar de roupa e escovar os dentes. Quando ambos estavam prontos para dormir, eles se encontraram no quarto dele por um momento de silêncio constrangedor.

"Então..." começou Nicole.

"Ei, não temos que ir para a cama ainda se não você não quiser. Podemos ver um filme ou algo assim," sugeriu Mark.

"Parece ótimo," respondeu Nicole.

Eles voltaram para baixo e para a sala de estar. Mark ligou uma das lâmpadas para manter a luz fraca. "Que tipo de filme você quer ver?"

"Não importa. Uma comédia, talvez? Qualquer comédia, não importa qual."

"Muito bem, vejamos... faroeste, faroeste, mais faroeste," começou Mark, enquanto analisava a prateleira.

Nicole deu uma risada. "Um faroeste é ótimo."

"Esse é tipo um faroeste... engraçado," brincou Mark.

"Aceito."

Mark começou o filme e se sentou ao lado de Nicole no sofá. Ela estendeu o cobertor para cobrir o colo dele e se aninhou contra o seu braço. Ele levantou o braço, o passou à volta dela, e lhe deu um beijo no topo da cabeça. "Já está se divertindo?" Ele perguntou.

"Eu me diverti muito. A sua família é ótima. Vou ficar triste de partir e ir para casa amanhã."

"Vamos voltar quando você quiser," disse Mark.

"Espero que sim." Ela deitou a cabeça no peito dele e viu o filme começar. Ele lentamente passou os dedos para cima e para baixo na parte de trás do braço dela. O movimento suave começou a hipnotizá-la. Ela fechou os olhos. O som do filme desapareceu, e tudo ficou calmo.

~

"Mark. Mark. Nicole. Acordem, está na hora do café," disse Mama, empurrando o braço de Mark. Nicole fechou a boca aberta e abriu os olhos para ver Mama ao lado deles na ponta do sofá. "Bom dia," disse Mama à Nicole.

Nicole sorriu de volta. "Bom dia. Hum, nós nos sentamos para ver um filme e... bem, não me lembro de nada depois disso," disse Nicole defensivamente.

Mama sorriu. "Querida, está tudo bem. Você não precisa me explicar nada. Vocês são adultos, e além disso, o pai dele e eu já tivemos a sua idade."

"Não, sério, nem sequer pudemos ver o filme."

"Vocês devem ter precisado do descanso então, está tudo bem. Está com fome?" Mama perguntou.

"Sim, o cheiro está ótimo," disse Nicole.

"Que tal se vestirem e comerem um café da manhã quente?"

"Está bem, voltamos já," disse Nicole. Mama voltou para a cozinha e Nicole começou a balançar o braço de Mark. "Mark," sussurrou ela.

"Estou acordado, só estava esperando que a Mama saísse," disse ele, sem abrir os olhos ou mexer um músculo.

"Você estava acordado o tempo todo?" Nicole perguntou sorrindo.

"Sim, pensei em deixar você falar."

"Nossa, obrigada," disse ela.

"Sem problema. Bom, é melhor irmos, ou ela vai voltar para acordar a gente outra vez."

Ele se levantou, ajudou Nicole e eles subiram para trocar de roupa. Quando estavam prontos, pegaram as malas e as levaram para baixo com eles.

"Já vão embora?" Mama perguntou, vendo-os largar as malas perto do corredor de entrada.

"Não, pensei em trazer as nossas coisas para baixo logo. Provavelmente vamos sair daqui a pouco, depois de comer. Eu meio que quero ter uma vantagem de volta," disse Mark.

"Está bem, eu entendo, mas podem ficar o tempo que quiserem," insistiu Mama.

"Quem me dera se pudéssemos," disse Nicole. "Eu me diverti muito. Obrigada novamente por me receber. E por toda essa ótima comida ," disse ela, olhando para as pilhas de bacon, biscoitos e batatas assadas.

"Não tem de quê, querida, quando quiser. Coma antes que esfrie."

Nicole e Mark tomaram café. Mama e Ben aproveitaram a última oportunidade para aproveitar o tempo. Eles acabaram os pratos e Nicole ajudou Mama na cozinha. "Obrigada por me ajudar a limpar, querida. Foi bom ter companhia por aqui," disse ela.

"Foi um prazer. Voltamos em breve, e vamos manter contato. Você tem o meu número, certo?" Nicole perguntou à Mama.

"Eu tenho. Talvez eu até ligue de vez em quando só para conversar. Vai ser bom ter alguém com quem falar. Mark não fala muito."

"Eu não gosto muito de telefone, Mama," disse Mark.

"Eu entendo, o seu pai é do mesmo jeito."

"Eu sou o quê?" Ben perguntou da poltrona.

"Benjamin, venha se despedir," disse Mama.

Ben se levantou e foi até o átrio. Ele apertou a mão de Mark e lhe disse para ligar se tivesse qualquer dúvida sobre o Mustang. Mama deu um grande abraço em Mark e ele se inclinou para que ela o beijasse na bochecha. Ben e Mama abraçaram Nicole um de cada vez. "Até mais," disse ela.

"Tenham cuidado na volta. Amamos vocês," disse Mama.

"Também te amo." Mark pegou as duas malas e eles caminharam até a caminhonete.

Eles dirigiram pela entrada e começaram a viagem sinuosa de volta até a interestadual. Nicole aproveitou a vista das árvores enquanto podia, antes que eles fossem longe demais. Ela começou a se sentir um pouco triste por terem de ir embora. Mark olhou para ela e a viu observando pela janela.

"O que foi?" Ele perguntou.

"Nada. Eu me diverti muito hoje. Queria que pudéssemos ficar mais um pouco."

"Vamos voltar em breve. Basta dizer e podemos fazer a viagem quando você quiser. Garanto que eles também adorariam te ver," disse ele.

"Foi muito bom," disse ela.

"Conhecer os meus pais?" Ele perguntou.

"Sim, isso também. Mas eu quero dizer que foi bom sentir aquele amor de novo, o amor de uma mãe e de um pai." Nicole olhou pela janela por um momento, e depois olhou para Mark.

Ele não sabia o que podia dizer para melhorar as coisas, por isso disse a única coisa em que conseguia pensar. "Nicole, eu sei que nunca ninguém poderia substituir os seus pais, mas eu espero que você veja a minha mãe e o meu pai como seus também. E sei que eles te veem como uma filha."

"Obrigada, isso é muito gentil. Talvez um dia eu possa te levar para ver a minha mãe e o meu pai também," disse ela.

"Seria uma honra ir com você, se você quiser." Ele sorriu para ela e segurou a sua mão por um momento. Ela deslizou pelo assento e se sentou ao lado dele, assim como tinha feito no caminho até lá. A caminhonete desceu a rampa até à Interestadual e a caminho de Indiana.

CAPÍTULO 9

No dia seguinte, Nicole chegou ao trabalho antecipando a habitual linha de interrogatório de Sherrie. Antes que Sherrie pudesse falar algo, Nicole começou o processo de contar a história.

"Foi muito divertido," disse Nicole. "Os pais dele são muito queridos."

"Awww..." começou Sherrie.

"E a propriedade é tão linda! Tenho várias fotos. Me esqueci da câmera, mas trago ela amanhã."

"Sim, eu tenho que dar uma olhada. Então, a experiência de conhecer os pais correu bem, hein?" Sherrie bisbilhotou.

"Foi tão bom, Sherrie. Eles me trataram como se eu fosse uma deles. Fiz o jantar com a mãe dele, ou com a Mama, como eles chamam. E o pai dele levou a gente para dar uma volta pela propriedade. Eles têm a própria caverna, Sherrie. Uma caverna!" Nicole salientou

"Como assim, eles têm a própria caverna? Como isso é possível?"

"Eles têm centenas de hectares e é super rochoso e montanhoso. Árvores, até onde os olhos podem ver. Então, como se já não fosse legal o suficiente, Mark me levou até o coreto deles em cima do morro." Nicole agarrou o peito e caiu numa cadeira próxima. "Ficamos na colina e vimos o pôr-do-sol. Depois ele dançou comigo," disse Nicole.

"Parece tão romântico, como um filme. Então, o que aconteceu depois?"

"Engraçado você perguntar, na verdade. O pai dele nos interrompeu. Ele não queria, mas apareceu justo naquele momento para dizer que o fogo estava pronto. Depois nos sentamos ao redor do fogo por um tempo, apreciamos o clima, e conversamos. Foi maravilhoso. A viagem toda foi incrível," disse Nicole com um sorriso brilhante.

"Estou com ciúmes. Admito. Com muito ciúmes. Parece um conto de fadas," disse Sherrie.

"Também sinto como se fosse," disse Nicole, desvanecendo. Ela olhou para os tênis sujos e balançou a cabeça. "Conhecendo a minha sorte, isso é tudo um grande sonho e eu vou acordar em breve."

Nicole passou a manhã atordoada. Ela conseguiu trabalhar muito e, entre os pacientes, contou às meninas sobre o fim de semana mágico que tinha passado. A pausa do almoço se aproximou e o grupo começou a discutir o que eles tinham trazido. Ashley foi até Nicole, não resistindo à vontade de ser intrometida.

"Mark vai te levar para o almoço hoje?" Ashley perguntou com um empurrão.

Nicole sorriu. "Não, Mark está ocupado hoje, por isso eu trouxe um sanduíche de peru."

"Entendo. Então você pode ficar aqui sozinha como o resto de nós," sugeriu Ashley.

"Sim, sim."

Nicole fez uma última viagem pelo corredor para garantir que todos os quartos estavam limpos e prontos para os pacientes depois do almoço. A campainha tocou. Ela se virou e se concentrou na figura alta entrando pela porta. Mark olhou para ela e sorriu, então olhou para baixo, para a camisa cheia de graxa, e jogou as mãos para o ar. "Estou imundo outra vez." Ele agarrou a base da camisa e a puxou por cima da cabeça para revelar uma camiseta branca por baixo. "Assim está melhor."

Sherrie sorriu sem jeito. Ela olhou para Mark, depois se virou para Nicole. Nicole sorriu para ele. "Você conseguiu chegar," disse ela, olhando para ele do corredor. "Teve um cancelamento ou algo assim?"

"Não, só arranjei tempo para te ver," respondeu Mark.

"Ah, isso é tão fofo," disse Sherrie.

Nicole riu dela e olhou para Mark. As borboletas tornaram difícil falar.

"Vamos lá, garota," disse ele.

"Certo, deixa eu pegar a minha bolsa," respondeu ela. Ela correu até o armário e voltou rapidamente, esperando que Mark não fosse torturado por nenhuma das perguntas da Sherrie. "Para onde você quer ir?"

"Pensei que talvez você quisesse ir ao Joe hoje," ele sugeriu.

"Por mim, tudo bem. Um milkshake e um hambúrguer soa bem."

Eles caminharam de mãos dadas por alguns quarteirões até chegarem à rotunda no centro da cidade. O tribunal estava no meio do círculo e o perímetro estava alinhado com lojas e restaurantes. A sorveteria do Joe ficava na esquina de um cruzamento. Havia um punhado de mesas de piquenique convenientemente colocadas sob um par de árvores fazendo sombra. As ruas estavam cheias das bandeiras e decorações que restavam da celebração do Dia da Independência. Carolina tradicionalmente deixava a decoração até o final do evento algumas semanas depois.

O casal entrou na fila para o balcão no Joe, que tinha uma configuração completamente ao ar livre, só no verão. A linha desapareceu rapidamente enquanto faziam companhia um ao outro. Uma vez que era a vez deles, Mark espreitou pela janela com um sorriso para o homem de cabelo grisalho trabalhando atrás do balcão. O homem olhou para Mark e o rosto dele se iluminou.

"Mark, meu amigo. Não te vejo há algum tempo. Como tem passado?" Joe perguntou.

Mark estendeu o braço e apertou a sua mão. "Indo bem, indo bem. E você?"

"Vivendo o sonho, amigo."

"Como vai aquela garota linda? Qual é o nome dela? Shirley, Sherrie..." Mark continuou.

"Charlotte. Ela está ronronando como um gatinho, graças a você," respondeu Joe.

Mark olhou para Nicole que agora parecia completamente confusa. "Charlotte é o Corvette dele," disse Mark.

"Naturalmente," disse Nicole.

"É um carro lindo," disse Mark.

"Aqui está ela," disse Joe, sacando o telefone para mostrar algumas fotos.

"Nossa, é lindo," disse Nicole.

"Mark arrumou ela para mim. Ele é um gênio."

"É mesmo?" Nicole disse. "Podia ter me enganado."

"Ei," disse Mark, passando o braço em volta da cabeça dela.

Joe sorriu por um momento, depois se lembrou de que tinha uma longa fila de clientes à espera. "É melhor ir buscar o seu pedido antes que haja um motim."

Nicole se virou para ver a mulher de quase oitenta anos atrás deles. Então ela voltou para o Joe e respondeu: "Sim, pode virar uma bagunça."

"O que vocês vão querer?" Joe finalmente perguntou.

Mark olhou para Nicole. "Vá em frente."

"Quero um cheeseburger com alface, tomate, cebola

e picles. Mostarda e maionese, também, por favor. E um shake pequeno de chocolate," disse ela.

"Está bem," disse ele. "E para você?" Joe perguntou olhando para Mark.

"Me dê o mesmo sem o tomate, e eu quero uma batata grande com o meu," disse ele.

"Vai estar pronto em alguns minutos," disse Joe. Ele anotou o pedido e o passou pelo balcão para a esposa Maggie, que o ajudava a gerir o restaurante. "Isso dá... onze dólares e cinquenta centavos."

Mark entregou quinze dólares e disse a ele para ficar com o resto. Eles foram e se sentaram em uma mesa de piquenique nas proximidades para esperar pela comida. "Estou tão animada com a feira desse fim de semana," disse Nicole. "Fico ansiosa por ela todos os anos desde que eu me lembro."

"Deve ser divertido," disse ele. "O tempo deve estar bom. Eles acham que vai chover na sexta-feira, mas no sábado deve estar perfeito," acrescentou ele.

"Mal posso esperar," disse ela. "Eu amo tudo: a comida, as pessoas, a atmosfera toda. Toda a comunidade se une para relaxar e se divertir."

"Parece divertido, mas eu nunca fiquei muito tempo. Normalmente, eu pego alguma coisa para comer e vou embora. Não é muito divertido quando se está sozinho."

"Bom, esse ano você não vai estar sozinho. Vou me certificar de que você se divirta," prometeu Nicole.

"Não fomos muito à feira do condado quando eu era mais novo. Vivíamos tão longe de tudo. E quando íamos, era mais ou menos. Não era nada como a feira aqui. É como uma religião para as pessoas daqui."

Nicole riu. "É verdade, basicamente é. Dá a todos algo pelo qual ficar animado, eu acho."

"É como uma reunião de família gigante. A cidade é como uma grande família."

"Sim, eu acho que você tem razão," disse ela.

"Mark!" Joe gritou do restaurante. "O seu pedido está pronto."

"Ah," disse Mark enquanto saltava. Ele foi até à janela. "Foi rápido."

"Na hora do almoço nós mantemos a grelha quente e os sanduíches prontos," disse Joe.

"Muito obrigado, Joe, parece ótimo."

"Volte mais vezes," insistiu Joe.

"Vamos sim," sorriu Mark. "Nos vemos no sábado?"

"Estaremos lá," disse Joe.

Mark levou a bandeja até a mesa e se sentou para comer com Nicole. "Obrigada, baby," disse ela.

"De nada," respondeu ele.

Ela pegou o sanduíche e deu uma mordida gigante. "Tão bom," murmurou ela.

Ele murmurou de volta, falando a língua deles, "O melhor."

Eles acabaram de almoçar e Mark foi com Nicole até a clínica. "Obrigada pelo almoço. É muito legal que você pôde comer comigo. Muito melhor do que comer o meu sanduíche de peru e ouvir a Ashley falar das unhas."

"Nossa, espero que sim," disse Mark. "Te ligo mais tarde," disse ele.

"Tudo bem, querido," disse Nicole.

Ele se inclinou e a beijou antes de voltar para correr até o outro lado da rua.

Nicole entrou e foi imediatamente recebida pelo sorriso de Sherrie. Nicole revirou os olhos. "Tá, tá..."

～

No sábado de manhã, Nicole acordou mais cedo do que esperava, sem dúvida pela excitação de ir à feira. Ela fez café, pegou uma tigela de cereais e se deitou no sofá para ver televisão. Depois de duas rondas pelos canais, ela não conseguiu encontrar nada interessante.

Finalmente, ela parou nas notícias locais, esperando obter uma atualização de última hora sobre o tempo.

"...esperando céus sem nuvens para o dia de hoje, chegando em meados dos 32 graus; céu limpo essa noite com uma baixa de 22 graus. Será uma noite linda para estar ao ar livre no sul de Indiana," informou o meteorologista.

Nicole desligou a televisão e decidiu que não podia esperar. Ela tomou uma ducha, depois foi até o armário para começar o processo excruciante de escolher uma camisa para vestir. Ela deslizou cabide após cabide para o lado, até que encontrou uma camiseta xadrez vermelha que ela quase esqueceu que tinha. *Perfeito*, ela disse a si mesma. Tendo muito tempo livre, ela demorou um pouco mais enrolando o cabelo e examinando a sua maquiagem. Assim que conseguiu tudo como queria, Nicole pegou as chaves, a bolsa e saiu pela porta. Ela abaixou todas as janelas do carro e aproveitou o sol quente e o ar fresco no caminho até a casa de Mark.

Nicole parou na entrada e foi imediatamente recebida pela cauda agitada de Bentley e pelo seu latido animado. Ela abriu a porta e esfregou atrás das orelhas do cão com as duas mãos, lhe dando uma massagem suave. "Oi, rapaz. Como vai? Senti a sua falta," disse ela.

"Ele também sentiu a sua falta," disse Mark, encostado à soleira da porta. Ele olhou para Nicole e sorriu. "Também não conseguiu esperar?" Ele perguntou.

"Não." Ela sorriu.

"Nem eu. Que tal irmos dar uma volta? Podemos ver as exposições, comer qualquer coisa... o que você quiser fazer," sugeriu Mark.

"Parece ótimo," respondeu Nicole.

"Vamos lá, rapaz," Mark chamou o cão, enquanto o dirigia em direção ao portão. Bentley entrou e foi para o celeiro se deitar. Mark fechou e trancou o portão. Nicole trancou o carro e subiu para o lado do passageiro da caminhonete. "Vou fechar a casa num instante," disse Mark.

"Certo."

Ele correu de volta para dentro e voltou alguns momentos depois usando botas e chapéu. Ele trancou a porta e correu para a caminhonete. "Está pronta, garota?"

Ela olhou para ele e levantou as sobrancelhas. "Com certeza."

Ele notou a expressão no rosto dela e perguntou: "O quê?" Olhando para as suas roupas. "Alguma coisa errada? Você quer que eu me troque?"

"Não, não. Claro que não. Você está... incrível," disse ela.

"Obrigado, você também." Ele se inclinou e a beijou, depois ligou a caminhonete e saiu da entrada.

~

As rodas da caminhonete de Mark deixaram o pavimento e rolaram para a relva recém-cortada do campo em frente à feira. Ele estacionou junto a outra caminhonete. Eles podiam ouvir o som da música se misturando com o riso das crianças.

"Vamos nos divertir um pouco," disse ele.

Ele pegou a sua mão e ela escorregou do banco atrás dele. O cheiro de picles e de fritura tomou conta deles. "O que você quer fazer primeiro?" Ele perguntou.

"Quero ver os animais. Essa é a minha parte favorita."

"Era o que eu ia adivinhar," disse ele.

Eles entraram no primeiro celeiro. Longas filas de gaiolas estavam em cima de mesas formando uma linha de uma extremidade à outra. Nicole foi de jaula em jaula sorrindo para os coelhos fofos e galinhas cacarejantes. "Não sei por que amo tanto eles. Acho que é porque eles são simples. Eles não magoam uns aos outros como as pessoas fazem."

"É verdade," respondeu ele.

Eles andaram pelos corredores de cada celeiro. O estômago de Nicole começou a lembrá-la de toda a comida frita que os esperava lá fora. "Está com fome?" Ela perguntou.

"Estou sempre com fome," respondeu ele.

"Vamos procurar algo para comer," disse ela.

Eles caminharam pela multidão de pessoas pairando perto das barracas de comida. "Caramba," disse ele. "De onde veio toda essa gente?"

"Todo mundo adora a feira," lembrou ela.

"Aparentemente," disse ele, olhando em volta em choque. "O que parece bom?"

"Tudo," respondeu ela. "Aquele peixe frito parece bom." Nicole olhou para a comida de outra mulher.

"Sim, parece. Onde será que ela conseguiu?"

"Eu acho que é aqui no final," disse Nicole, puxando-o na direção do último food truck no corredor.

"Nossa, olha a fila."

"Vai ser rápido," insistiu ela.

"Não estou preocupado. Só não consigo acreditar quantas pessoas estão aqui."

Nicole tinha razão. A fila andou rapidamente, e eles receberam os seus cestos de peixe em pouco tempo. "Tem umas mesas de piquenique aqui," disse ela. Eles caminharam até a área de grama mais próxima. Ela estava totalmente sombreada pelos grandes carvalhos que tinham sido poupados há anos, quando os parques foram criados. Por milagre, eles encontraram uma mesa de piquenique vazia e se sentaram para comer.

"Olha para todo o molho tártaro que eles te dão," disse Mark com espanto. "Isso é tão legal. Nunca ninguém te dá molho tártaro suficiente."

"Eu sei, e se pedir mais, eles te olham como se você fosse um criminoso ou algo assim."

"Sim, eu desisti de pedir mais," disse ele, balançando a cabeça. "Caramba, isso é bom," murmurou ele com a boca cheia. "Por que eles não ficam abertos o ano todo? Por que tem que ser só uma semana? Eles podiam ganhar tanto dinheiro."

"Porque é assim que eles te ganham," disse ela. "Eles te viciam, e quando a próxima feira aparecer, você tem que comer. Caso contrário, você provavelmente se cansaria."

"Impossível," exclamou ele.

A voz de um homem podia ser ouvida à distância num alto-falante. *"Não vão embora, pessoal. Vamos começar a corrida de barris dentro de quinze minutos. Fiquem por aqui."* Nicole praticamente se engasgou com o chá que tinha acabado de tomar. "Corrida de barris! Temos que assistir."

"Sim, vamos lá," disse ele.

"Quer dizer, eu nunca participei e não sei muito sobre cavalos, mas adoro assistir. É uma loucura o que as pessoas fazem num cavalo, sabe?"

Ele concordou com a cabeça. "Podemos pegar as nossas coisas e procurar um lugar," sugeriu ele.

"Certo."

Eles caminharam até as bancadas e subiram os degraus, olhando para a multidão, procurando por lugares vazios. "Aqui," disse ela. "Ao lado dessa senhora, ela é a nossa única esperança." A mulher sorriu para eles enquanto subiam e se sentavam. Nicole se sentou ao lado da senhora, dando lugar ao Mark no corredor.

"Esse é um bom lugar," disse Mark.

"Eu sei, tivemos sorte."

"Esse peixe é bom?" Perguntou a senhora.

"É muito bom," respondeu Nicole. "Você devia experimentar."

"Sempre digo a mim mesma que vou experimentar, mas acabo voltando direto para o sanduíche de bife," disse ela. "Acho que tenho medo demais de tentar algo novo."

"Eu entendo," disse Nicole, olhando para Mark, pedindo ajuda. Ele virou a cabeça para o corredor para esconder o seu riso da mulher.

A mulher continuou a falar com Nicole mesmo depois da competição ter começado. Nicole acabou o que conseguiu do enorme pedaço de peixe, e depois perguntou a Mark se ele queria o que sobrou. Ele pegou o cesto e começou a comer. Nicole olhou para ver o mais novo corredor começar.

De repente, uma sensação estranha e desconfortável tomou conta dela. Ela olhou em direção a Mark. Ele estava sentado virado para a frente, focado no corredor. Ela olhou para a senhora, que agora estava conversando com a mulher do outro lado. As entranhas de Nicole se agitaram intensamente. Ela virou a cabeça para olhar para trás nas bancadas; todos pareciam normais.

Mark baixou os óculos de sol para olhar para ela. "Tudo bem com você? O seu rosto está muito pálido."

"Estou bem, acho que só preciso sair daqui," disse ela.

"Está bem, podemos ir dar uma volta, se você quiser."

Nicole desejou à mulher um bom dia educadamente. "Obrigada, querida. Foi bom falar com você," disse ela, enquanto Nicole e Mark iam embora.

"O que foi, querida?" Ele perguntou novamente. Eles saíram das escadas e começaram a andar pela grama.

"Eu não... Eu não sei. Eu tive uma sensação horrível vinda do nada."

"A comida está te incomodando?"

"Não, não é isso. É difícil de explicar," disse ela, olhando para o chão. Ela olhou para a sua expressão confusa e parou. "Certo, sabe quando você está vendo um filme de terror e está à espera de que algo salte de repente? Sabe aquela sensação nervosa que você sente?"

"Sim..." A voz dele diminuiu.

"Foi o que eu senti."

"Por quê?"

"Não faço ideia," disse ela, balançando a cabeça. Não faz nenhum sentido." Mas me sinto um pouco melhor agora."

"Você quer que eu te leve para casa? Eu te levo se você quiser," ofereceu ele.

"Não, não. Eu vou ficar bem. Talvez possamos dar uma volta."

Os dois andaram pela feira discutindo todas as conversas com as quais Nicole tinha sido abençoada nas bancadas. O sol quente começou a afundar mais baixo no céu. Eles perderam a noção do tempo e quantas voltas tinham dado.

Nicole olhou para as luzes. "Você gosta da roda gigante?" Ela perguntou.

"Sim. Você quer ir?"

"Sim. O sol vai se pôr em breve. Deve ser uma bela vista. Claro, eu esqueci a minha câmera como de costume," disse ela.

Eles compraram bilhetes e esperaram na longa fila. Estavam finalmente perto de entrar e o funcionário fechou o portão. "Estamos cheios. Coloco vocês no próximo," disse ele.

Eles observaram a roda recomeçar e Nicole olhou para o horizonte.

"Você tinha razão, o sol vai se pôr quando a gente entrar," disse Mark.

"Eu sei. Ainda bem que tivemos que esperar."

Depois de esperar pelo que parecia uma eternidade, a roda começou a diminuir. O operador descarregou os passageiros, um lugar de cada vez, depois voltou até o portão e o abriu. Nicole e Mark subiram no assento disponível e o homem fechou e trancou a barra no colo deles. À medida que a roda se virava para carregar mais passageiros, Nicole soltou um guincho baixo e se apertou para mais perto de Mark.

"Está com medo?" Ele perguntou rindo.

"Não, não estou com medo," disse ela. "Só fiquei surpresa, só isso."

Eles apreciaram o passeio juntos e admiraram o sol afundando abaixo do horizonte. O céu se transformou em um lindo tom laranja saturado e o mero punhado de nuvens se assemelhavam a fúcsia. Quando a roda gigante parou, eles saltaram e começaram a voltar para a grama.

"Está pronta para ir embora por hoje?" Mark perguntou.

"Sim, eu estou cansada," respondeu Nicole.

"Vamos sair daqui," disse ele. Ele pegou a sua mão e eles atravessaram a feira em direção à caminhonete. Eles passaram pelo pequeno edifício que abrigava os banheiros. Aquilo marcava o ponto final da calçada e das luzes. O chão ficou escuro.

O sentimento estranho e desconfortável inundou o corpo de Nicole novamente. Ela parou de repente e se virou para olhar em direção aos banheiros.

"O que foi?" Mark perguntou.

Ela olhou para o edifício de tijolos por um minuto e depois olhou para Mark. "Nada, eu estou bem," disse ela.

"Estou com você," disse ele.

"Eu sei. Eu estou bem. Vamos embora."

Eles continuaram em direção à caminhonete.

Um personagem sombrio se inclinou da parte mais distante do edifício. Josh olhava furioso para o homem que segurava a mão de Nicole.

CAPÍTULO 10

Na segunda à tarde, Nicole foi até o balcão para preencher uma receita para um Yorkie. Ela assistiu o relógio se arrastar durante horas. Nicole detestava segundas-feiras de qualquer maneira, mas elas eram excepcionalmente torturantes quando o fim de semana tinha sido excepcionalmente divertido.

"Urgh, já acabou?" Perguntou à Becky, quando a hora de fechar finalmente se aproximou.

"Caramba, só restam vinte minutos," disse Becky.

"Eu sei, é só que está demorando uma eternidade hoje."

"Vai em frente, eu te cubro," insistiu Becky. "Ele está com a última consulta do dia. Eu digo que você não se sentiu bem."

"Obrigada, te devo uma."

"Não, não se preocupe com isso. Deixa eu adivinhar, o seu homem está te esperando?"

Nicole sorriu e abriu o armário para pegar a bolsa. "Ele vai fazer o jantar essa noite."

"Uau, ele está definitivamente apaixonado por você. Sem dúvida," disse Becky.

"Você acha mesmo?" Nicole perguntou.

"Ah, sim."

"Ele é um amor. Eu ainda não acredito que estou com alguém como ele."

"Por que não?" Becky perguntou.

"Porque ele é tão, tão incrível. E eu sou tão comum," disse Nicole.

"Você não é comum, Nikki. Você é engraçada, bonita e inteligente. Qualquer homem adoraria estar com você."

"Obrigada, Becky."

"Estou falando sério."

"Só estou nervosa, eu acho." Nicole fez uma pausa. "Acho que estou apaixonada por ele. Não sei se aguentaria perdê-lo."

"Fica calma, garota. Vai ficar tudo bem. Tenha um pouco mais de confiança em você mesma. Você tem que se lembrar, ele também não quer te perder," disse Becky.

"Obrigada, espero que você tenha razão. Às vezes é mais fácil estar preparada para o pior." Nicole olhou para o relógio. "Acho que vou andando. Até amanhã."

"Te vejo depois. Tenha uma boa noite."

"Você também. "Obrigada de novo," disse Nicole.

Ela teve uma conversa rápida com Sherrie ao sair e deixou a clínica. Vasculhando na bolsa para procurar as chaves, ela tropeçou pela calçada até o beco, distraída. No beco, as pedras soltas do asfalto fizeram ruído debaixo dos seus sapatos até ela chegar no carro. Ela tirou as chaves, encontrou a certa e a enfiou na porta. De repente, uma mão repousou sobre o seu ombro. Nicole soltou um grito rápido e se virou rapidamente.

"Oi, Nicole."

"Josh... o que você está fazendo aqui?" Nicole perguntou nervosa, o coração palpitando.

"Eu tinha que te ver, Nicole. Eu sinto a sua falta," suplicou ele.

Ela olhou para ele em silêncio por um momento, tentando pensar no que fazer. Esse era o seu pior pesadelo. "Josh, eu..."

"Olha, eu sei que as coisas não acabaram bem, mas eu não posso viver assim. Não posso viver sem você. Por favor, me dê outra oportunidade."

"Não posso fazer isso. Eu prometo que você pode encontrar alguém melhor do que eu," disse ela.

"Eu sei qual é o seu problema. Você tem outro homem agora, certo? Você nunca conseguiu ficar longe dos outros homens, sua vadia!" Ele gritou, batendo com a mão no teto do carro.

"Nicole?" Ashley perguntou curiosamente enquanto se aproximava. "Você está bem?"

"Estou bem," a voz dela tremeu, "já estava de saída."

Ashley fez contato visual com Josh por um minuto e lhe deu um olhar ameaçador. Ele olhou de volta para ela e sorriu. "Não, na verdade *eu* estava de saída," disse ele. Ele olhou para Nicole. "Te vejo depois."

Nicole ficou em silêncio e ele foi embora, passando por Ashley. Ele virou para a calçada e desapareceu do outro lado da clínica veterinária. Nicole exalou e os seus ombros relaxaram.

"Quem era aquele?" Ashley perguntou, e se apressou para perto de Nicole.

"Era o Josh. Ele foi o meu namorado na faculdade," disse ela, fungando.

"Na faculdade? O que ele estava fazendo aqui?"

"Eu não sei. Acabei com ele antes de terminar a graduação. Ele era tão arrogante e ciumento, sempre me acusando de traições."

"É, estou vendo," disse Ashley, preocupada.

"Ele tem um temperamento bem ruim," disse Nicole. Ela começou a chorar. "Eu nunca pensei que teria que ver ele de novo."

"O que você quer que eu faça? Quer que eu siga você até em casa?"

"Não, eu vou ficar bem. Vou direto para casa do Mark. Vai ficar tudo bem."

"Tudo bem, mas não gosto nada disso. Você precisa pedir uma ordem de restrição ou algo assim," sugeriu Ashley.

"É." Nicole sabia que aquilo não adiantaria. Não o impediria. "Eu vou andando. Obrigada por me salvar."

"Sem problema. Me ligue se precisar de alguma coisa."

"Eu vou," disse Nicole, enquanto subia no banco do motorista.

Ela se pegou correndo pela autoestrada para chegar até a rua de Mark. Ela olhou pelo espelho retrovisor várias vezes para ter certeza de que ele não a estava seguindo. O carro dela entrou rápido na rua de Mark e ela parou assim que estacionou. Ela saltou e correu pelas escadas e pela porta. Bentley a cumprimentou quando ela entrou.

"Oi, querida. Espero que você esteja com fome," disse ele, abrindo o forno. "Eu sei que é julho, mas decidi fazer um assado e..." A voz dele desapareceu, reparando na expressão no rosto dela. "O que foi?"

"Eu preciso falar com você sobre uma coisa," disse ela nervosamente.

"O que aconteceu?"

"Você se lembra daquele cara sobre quem eu te falei? O da faculdade?" Ela perguntou.

"Sim, por quê? O que aconteceu?"

"Ele voltou," disse Nicole. "Ele está aqui."

"Você viu ele?" Mark perguntou confuso.

"Sim. Ele veio falar comigo perto do meu carro depois do trabalho."

"O quê? Como ele sabia onde te encontrar?"

"Eu não sei. Eu tenho certeza de que a certa altura eu contei a ele sobre a minha cidade natal, mas não sei como ele descobriu sobre a clínica." Ela parou de falar e o seu rosto ficou pálido. "Mark, ele deve ter me seguido. Não sei de que outra forma ele saberia. Ele sabia sobre você também. Meu Deus. Isso quer dizer que ele sabe onde eu moro? O que eu vou fazer?"

Ele foi até ela e eles sentaram no sofá. "Certo, nós temos que chamar a polícia e explicar a eles o que aconteceu. Talvez você consiga uma ordem de restrição."

"Eu posso tentar, mas não sei se vai fazer alguma diferença," disse ela, olhando para ele.

"Se você quiser, eu vou com você até a sua casa. Você pega o Salem, algumas roupas, e tudo mais que precisar e vem ficar comigo por enquanto. Isso faria eu me sentir melhor, pelo menos até resolvermos isso."

"Certo. É, vamos fazer isso. Mas temos que comer primeiro," exigiu ela. "Você teve todo esse trabalho e eu não posso deixar que esfrie."

"Combinado."

Os dois comeram o assado de dar água na boca e os vegetais, e depois foram até a caminhonete de Mark. Nicole observou o milharal, nervosa durante o caminho até em casa. O sol estava baixo no céu quando eles chegaram. Não havia carros e nem sinais de movimento na casa. Mark saiu e liderou o caminho com um taco de beisebol na mão, como precaução. Nicole abriu a porta para ele.

Salem miou e recebeu Nicole assim que eles entraram. Ela o pegou nos braços e o apertou com força. "Oi, gatinho. Vamos ficar fora por uns dias."

Mark avançou e olhou em volta da sala. "Vamos lá," disse ele.

Ela o seguiu até o quarto, e ele continuou a verificar o lugar. Ela desenterrou uma mala que havia escondido no canto inferior do armário quando se mudou e a atirou sobre a cama. Mark ajudou a tirar as roupas da cômoda e colocá-las na mala. Ela correu até o banheiro e pegou o essencial, então parou por um momento para ter certeza de que tinha tudo o que precisava.

"Certo, acho que tenho o que preciso," disse ela. Ela

segurou a mala com uma mão e Salem com a outra. "Só temos que pegar a comida dele, tigelas e a caixa de areia na saída."

"Eu pego," disse ele.

Nicole trancou a porta e entrou na caminhonete. "Isso é uma loucura. Isso está mesmo acontecendo?"

"Vai ficar tudo bem," ele a tranquilizou. "Prometo que vai ficar tudo bem."

"Eu sei, mas é inacreditável." Ela olhou pela janela. "Por outro lado, estou um pouco animada. É como se eu fosse sair de férias ou assim. E não estou nada triste de poder ficar com você."

"Eu também não." Ele olhou para ela por um momento, e depois olhou para a estrada. "Você pode ficar comigo o tempo que quiser, você sabe disso."

"Obrigada. Não sei o que faria se você não estivesse aqui. Eu não teria ninguém."

"Bom, você tem a mim."

~

Quando chegaram, Nicole e Mark levaram as coisas dela para dentro, e ela montou os pertences de Salem na lavandaria. Bentley investigou cuidadosamente a situação imediatamente. Nicole vestiu o pijama, pegou um copo de água, e caiu no sofá. "Tudo bem se eu procurar um filme ou algo assim? Preciso de algo que me ajude a esquecer isso."

"Você não precisa me perguntar. O que é meu é seu."

"Bom, eu não sabia se você queria dormir."

"Não, ainda não estou tão cansado assim," disse ele.

"Nem eu," disse ela. "Não sei se vou conseguir dormir de novo."

Eles se sentaram juntos no sofá e assistiram filmes durante horas. Nicole finalmente começou a ficar sonolenta. Ela olhou em direção a Mark. Os olhos dele estavam meio fechados, tentando se concentrar na televisão. "Vamos para a cama," disse ela.

"Está bem," murmurou ele.

Ela se levantou e segurou a mão dele para o ajudar a se levantar. "Boa noite, Salem," disse ela ao gato adormecido deitado no fim do sofá.

O casal escovou os dentes e foi para a cama. Ele descansou do lado direito e ela do lado esquerdo, o encarando. Ele esticou a mão e afastou o seu cabelo para trás, examinando o seu rosto. Ela fechou os olhos e apreciou o toque dele, e então um pensamento assustador revirou o seu estômago.

"Ele estava nos seguindo na feira," disse ela.

"O quê? Foi isso que ele te disse?" Ele perguntou.

"Não, ele disse algo sobre eu ter outro homem. Mas eu sei que ele estava lá. Ele estava nos observando," disse ela.

Ele olhou para ela em silêncio. A expressão dele mudou quando percebeu o que tinha acontecido. "Foi por isso que você se sentiu estranha," disse ele. "Você sabia."

"Bom, eu não sabia que ele estava lá, mas algo dentro de mim sabia que tinha algo errado. Eu podia sentir."

"É o seu instinto falando. Sempre ouça o seu instinto," disse ele.

Ela sorriu. "Eu acho que vou." Ela chegou mais perto e apertou os lábios contra os dele.

Na manhã seguinte, o sol se levantou o suficiente para criar um brilho suave no quarto. Nicole levantou a cabeça lentamente. O despertador mostrava 07:24h. Ela apertou os olhos e se concentrou nos números. Assim que o seu cérebro registrou o que os seus olhos haviam visto, ela se sentou e deslizou do braço de Mark. "Eu tenho que ir, Mark. Temos que levantar."

"Estou acordado," murmurou ele.

"Você vai me levar para o trabalho, certo?"

"É, achei que seria melhor, e vou estar do outro lado da rua o dia todo."

Ela acenou, vestindo o uniforme. "Você acha que eu devia ir até departamento de polícia na hora do almoço, só para ver o que eles dizem?"

"Sim, acho que é uma boa ideia. Eu passo para te buscar."

"Obrigada. Ainda bem que não tenho que ir sozinha," disse ela.

Os dois acabaram de se arrumar e saíram pela porta. Ele a levou até à porta do trabalho. Ela exalou lentamente, depois saiu e entrou na clínica.

"Bom dia, Sherrie," disse Nicole, tentando não parecer nervosa.

"Bom dia, querida," exclamou ela.

"Ei, você tem um segundo para vir aqui atrás? Preciso falar com todo mundo bem rápido."

"Claro, tem alguma coisa errada?

"Está tudo bem, não se preocupe," Nicole a tranquilizou.

Quando chegaram à sala dos fundos, Nicole fez contato visual com Ashley por um momento. Ela olhou em volta para se certificar de que todos estavam presentes. "Preciso de falar com todo mundo por um minuto. Quero que todos saibam o que está acontecendo, só por segurança."

"Ah, não, Mark acabou com você?" Sherrie perguntou.

"Não. Ontem à noite, quando saí do trabalho, o meu ex-namorado da faculdade se aproximou de mim no estacionamento e meio que gritou comigo. Ele não me machucou nem nada, mas fez isso no passado. Ele não é uma boa pessoa. Eu estou um pouco preocupada de que ele possa estar me seguindo. Felizmente, a Ashley saiu e me salvou a tempo."

"Você falou com a polícia?" Dr. Smith perguntou.

"Ainda não. Mark vai me levar lá na hora do almoço. Eu saí daqui e fui direto para casa dele ontem à noite. Fiquei com ele para que ele pudesse cuidar de mim. Mas eu quero que todos saibam como o meu ex-namorado se parece, no caso dele entrar aqui ou algo assim." Eles permaneceram em silêncio e sem acreditar, olhando para ela. "Ele deve ter um metro e setenta, meio magro, cabelo escuro, e obviamente vocês nunca o terão visto antes. Eu não tenho mais fotografias dele, senão mostraria."

"Eu sei como ele é, também. Se virem alguém estranho, podem sempre me perguntar," acrescentou Ashley.

"Nicole, se precisar sair agora e falar com a polícia, tudo bem," disse o Dr. Smith.

"Não, acho que vai ficar tudo bem. Eu realmente não acho que ele teria coragem de vir aqui. Ele não tem coragem para se aproximar de mim na frente de um monte de gente. Eu realmente acho que vai ficar tudo bem, só queria ter certeza de que estavam todos cientes," ela os tranquilizou.

"Estamos aqui se você precisar de alguma coisa," disse Carol.

"Obrigada, pessoal. Obrigada por me apoiar."

O grupo continuou com o dia, tentando ignorar a situação incomum. Como Nicole tinha previsto, nada fora do comum aconteceu. Quando a hora do almoço chegou, Nicole lembrou ao Dr. Smith para onde estava indo, caso ele tivesse se esquecido.

"Faça o que tem que fazer, sem pressa," disse ele.

"Obrigada," respondeu Nicole.

Ela saiu e saltou para a caminhonete de Mark, que ele tinha estacionado em frente ao edifício. "Pronta?" Ele perguntou.

"Sim, só quero acabar logo com isso," disse ela.

Nicole e Mark entraram de mãos dadas no minúsculo departamento de polícia local e se aproximaram da mulher sentada na recepção. Ela olhou para cima, parecendo surpreendida por ver alguém entrar. "Posso ajudá-los?" Ela perguntou.

"Sim, preciso pedir uma ordem de restrição," disse Nicole.

A mulher levantou as sobrancelhas em choque. "Bem, hoje em dia você pode solicitar uma ordem de proteção online," disse ela. "Alguém ameaçou você?"

"Bem, não, não exatamente. Ontem, o meu ex-namorado louco e ciumento apareceu na cidade e tentou falar comigo fora do trabalho," disse Nicole.

"Então, ele só apareceu e falou com você?" A mulher perguntou.

"Sim, mas tenho certeza de que ele tem me seguido. Caso contrário, não sei como ele saberia onde me encontrar."

"Entendo. Mas ele não ameaçou você e nem te machucou?" A mulher perguntou novamente.

"Não." Nicole imediatamente ficou frustrada. "Olha, eu sei que isso não parece grande coisa, mas eu estou te dizendo que sei como ele é. Ele costumava me bater e agora está me seguindo e se aproximando de mim no trabalho. E depois? Eu devo simplesmente esperar que ele faça algo pior?"

"Acalme-se, senhorita. Não estou dizendo que você não tem uma razão, está bem? Só estou tentando obter algumas informações. Eu acho que você devia ir adiante e pedir a ordem." Ela pegou um pedaço de papel e escreveu o nome do site. "Aqui. Entre nesse site. Dê o máximo de informações possível."

"E depois, o que eu faço? Espero?" Nicole perguntou.

"Sim, senhorita, mas não deve demorar muito."

"E até lá? O que eu devo fazer, viver com medo?"

"Não. Se ficar preocupada, se ele a ameaçar de alguma forma, nos ligue. Está bem?" A mulher disse.

Nicole olhou para Mark preocupada, e depois olhou para a mulher. "Sim, claro." Ela pegou o papel e saiu pela porta.

Eles embarcaram na caminhonete e Mark entrou em um estacionamento para que pudesse dar a volta. Ele parou o veículo por um momento. "Vai dar tudo certo," disse ele. "Eu não vou deixar que nada te aconteça."

"Eu sei. Estou um pouco assustada e frustrada, só isso. Não sei o que esperava ouvir, mas não era isso. É como se não houvesse nada de mais até alguém se machucar."

"Aposto que ela nunca teve que lidar com algo assim. Acho que eles estão limitados no que podem fazer agora," disse ele.

"Sim, eu sei, é uma porcaria."

"É, sim. Você não devia ter que se preocupar com isso em primeiro lugar."

Ela sentou lá por um minuto e tentou relaxar. "Bom, vamos ver o que acontece, eu acho," disse Nicole, com um encolher de ombros.

"Eu te protejo."

CAPÍTULO 11

As semanas seguintes se arrastaram e os nervos de Nicole começaram a melhorar. Josh não tinha voltado desde o dia no qual a assediou. Enquanto isso, ela tinha continuado na casa de Mark como precaução, e os dois estavam gostando do combinado. Eles tinham discutido a possibilidade de torná-lo algo a longo prazo, uma vez que era uma bobagem para ela continuar a pagar aluguel de um lugar no qual ela não estava mais vivendo. Mas era um grande passo no qual eles não queriam se apressar.

Eles terminaram mais uma semana de trabalho e estavam gratos pelo fim de semana. Nicole acordou no domingo de manhã e foi até a cozinha fazer o café. Salem a saudou com entusiasmo, assim como Bentley. "Vamos lá, rapaz," disse ela. Ela abriu a porta para deixar o cão sair e caminhou de volta para o quarto para se sentar na beirada da cama ao lado de Mark.

"Mark," disse ela baixinho. *"Mark..."* Um pouco mais alto dessa vez. Ele abriu um olho e olhou para ela. "Bom dia," disse ela.

"Bom dia," murmurou ele.

"Você quer café?"

"Sim, seria ótimo, na verdade."

"Não parece ter uma seleção muito grande para o

café da manhã. Cereais ou waffles congelados," informou ela.

"Waffles para mim," disse ele.

"É, para mim também," respondeu ela.

Depois do café, eles saíram para tomar conta dos cavalos e limpar estábulos. "Isso é muito mais fácil com duas pessoas," disse ele.

"Ainda bem que posso ser útil," respondeu ela do estábulo vizinho. Ela limpou o suor da testa e olhou para ele ao lado da parede. "Ei, vamos dar uma volta."

"Tudo bem. Estou quase acabando."

Eles finalizaram os estábulos e entraram em casa. "Vou trocar de sapato num instante," disse ela. Ela foi até à porta, tirou as botas e deslizou os pés nas sandálias.

Mark tirou um refrigerante da geladeira e bebeu. O telefone dele começou a tocar. Ele sufocou um pouco tentando falar antes de ter engolido o último gole. "Quem está a me ligando agora?" Ele perguntou em voz alta, pegando o telefone. "É a Mama. Bom, o passeio pode demorar um pouco."

Nicole riu e caiu no sofá.

"Alô... Oi, Mama, como vai?" Mark perguntou. Ele enrugou o rosto ligeiramente. "Sério? Como ele fez isso?" Ele perguntou. Ele parou por um minuto, ouvindo Mama explicar a resposta à sua pergunta. "Você está brincando comigo. Só o papai conseguiria fazer isso." Ele esperou outra vez que Mama acabasse de falar. "Está bem, sem problema. Chego aí um pouco mais tarde, se você quiser. Espera, espera, Mama."

Ele afastou o telefone do rosto e olhou para Nicole. "Você quer ir até a casa deles comigo?" Ele perguntou.

"É claro. Espera, vamos voltar mais tarde hoje à noite?"

"Não, eu também tenho que estar lá amanhã. O meu pai machucou o joelho e ela vai operar o tornozelo amanhã de manhã. Ela disse que não se importava, mas eles não vão dar alta sem alguém para levar ela para casa e o meu pai não pode dirigir."

"Prometi ao Dr. Smith que trabalharia amanhã porque a Becky tirou o dia de folga. Desculpe, querido, não posso ir," disse ela.

"Tudo bem, mas fico preocupado com você. Eu não quero te deixar aqui sozinha," disse ele.

"Mark? Mark?" Mama podia ser ouvida chamando ao telefone.

"Um segundo, Mama."

"Eu vou ficar bem," disse Nicole. "Vou ficar aqui. Vou direto para o trabalho e volto logo depois. O Dr. Smith pode me acompanhar até ao carro. E o Bentley vai me fazer companhia até você voltar."

"É verdade. Bentley vai tomar conta de você." Ele pausou desconfortável por um minuto, encarando Nicole. Finalmente, ele levou o telefone de novo ao ouvido. "Mama? Eu vou mais tarde depois do jantar... Não, a Nicole não pode ir, ela tem que trabalhar amanhã... Bom, é, eu deveria, mas eles vão me cobrir... Está tudo bem, eu prometo... Tudo bem, eu digo a ela... Eu digo. Está bem, Mama, nos vemos à noite... De nada, também te amo... Tchau." Ele colocou o telefone de volta na bancada e coçou a cabeça.

"Mark, está tudo bem," Nicole o tranquilizou.

"Eu juro que se você não quiser que eu vá, eu não vou. Tenho certeza de que ela conhece alguém..."

"Mark, ela quer você, e está tudo bem. Para de se preocupar, por favor."

"Tudo bem," cedeu ele, relutantemente.

"Então, vamos dar uma volta rápida e depois sair para comer," Nicole mudou de assunto.

"Certo."

~

Depois do passeio, eles se arrumaram e foram jantar fora. Mark os levou à uma cidade próxima para comerem filé no restaurante local. Era o único lugar na vizinhança onde eles podiam ir para comerem isso. Eles fizeram o melhor para ignorar o fato de que ele estava indo embora. Mark acabou o seu prato como de costume e Nicole pediu o que sobrou do seu para viagem. "Está pronto?" Ela perguntou.

"Sim, estou pronto quando você estiver."

Ela se sentou no assento ao seu lado na volta. "Vai ser estranho sem você aqui," disse ela.

"Eu sei. Estou me acostumando com isso," respondeu ele.

"Ah, é?"

"É, eu acho que vou manter você por aqui por uns tempos," disse ele com um sorriso.

"Se eu escolher ficar por perto," brincou ela de volta.

Quando voltaram para casa, ele se apressou para ter certeza de que não precisava fazer mais nada antes de sair.

"Está tudo bem," ela o tranquilizou. "Eu vou alimentar os cavalos de manhã e cuido do Bentley."

"Desde que você esteja confortável com isso," insistiu ele.

"Estou totalmente bem," disse ela. "É moleza."

Ele pegou uma muda de roupas e a escova de dentes e os atirou em uma mochila. Nicole esperou por ele na porta. "Me ligue se precisar de alguma coisa."

"Certo."

"Volto para casa assim que puder amanhã," acrescentou ele.

"Bentley e eu vamos estar esperando por você," respondeu ela.

Ele se inclinou, a beijou e a abraçou. Então ele a afastou e a olhou nos olhos. "Eu te amo."

Nicole perdeu o fôlego por um momento ao ouvir as palavras que nunca o tinha ouvido dizer. Ela sorriu e engoliu o nó na garganta. "Eu também te amo," disse ela.

Ele deu uma última olhada e saiu pela porta. Nicole esperou que a caminhonete dele saísse da entrada e trancou a porta. Bentley olhou em direção à porta e depois para Nicole. "Somos só nós dois essa noite," disse ela. "Eu preciso que você me vigie."

E foi exatamente isso que o cachorro fez. Bentley permaneceu ao lado dela o tempo todo pelo resto da noite. Quando ela foi ao banheiro, ele a seguiu. Quando ela se sentou no sofá, ele se deitou aos seus pés. E ela quase pisou nele na manhã seguinte ao sair da cama. "Bom dia, Bentley."

Nicole tratou de todos os animais e ligou para Mark antes de sair. "Como vão as coisas?" Ela perguntou.

"Até agora tudo bem. Ela está aqui deitada esperando que a levem de volta."

"Que bom. É... Eu só queria ver como você estava. É melhor eu ir andando," disse ela.

"Certo. Eu te aviso quando a Mama acabar por aqui."

"Tudo bem, nos vemos à noite. Te amo," disse ela.

"Também te amo."

Mama sorriu para Mark enquanto esperava que eles a levassem de volta. "Que fofo," disse ela.

"Ok, Mama."

Eles esperaram mais alguns minutos, então a enfermeira veio buscá-la. "Boa sorte, Mama. Vou estar esperando você."

"Obrigada, Mark. Agradeço que você tenha vindo."

"Sem problema."

A enfermeira levou Mama do quarto e Mark voltou

para a sala de espera. Ele sentou e assistiu as notícias na pequena tv até adormecer.

~

Quase uma hora tinha se passado, e Mark sentou assustado. Ele olhou à volta da sala vazia, e o telefone tocou pela segunda vez.

"Alô?" Ele respondeu atordoado.

"Mark? É a Sherrie da Clínica Veterinária da Carolina."

"Oi, como vai?" Ele respondeu alegremente. "Não esqueci de pagar a minha última conta, esqueci?"

"Não, está tudo bem. Não foi por isso que eu liguei," disse Sherrie.

"Aconteceu alguma coisa?" Mark perguntou.

"Hum, eu realmente não sei o que dizer..."

"O quê? Onde está a Nicole?" Ele disse levantando a voz.

"Deus. Mark, eu sinto muito. Ela sofreu um acidente. Ela está no Memorial Williams," disse Sherrie, nervosa.

"Não. Não! Ela está bem? O que aconteceu?" Ele começou a chorar.

Sherrie também começou a chorar. "Eu não tenho certeza. O Dr. Smith ligou e eles só disseram para onde a levaram. Desculpe, eu não sei de nada."

Ele chorou por um momento, então recuperou a compostura. "Eu estou no Kentucky, então vou levar um tempo para chegar lá, mas estou a caminho. Se souber de alguma coisa, me ligue."

"Certo, eu ligo."

"Obrigado," Ele desligou o telefone e imediatamente começou a ligar. "Pai... é a Nicole. Eu tenho que ir!"

"Como assim?" O que aconteceu?" Ben perguntou.

"A Nicole sofreu um acidente. Eu tenho que ir. Tem alguém que possa vir aqui buscar a Mama?" Ele perguntou.

"Deixa eu ligar para a Cynthia. Ela e a sua mãe almoçam juntas toda semana. Eu já te ligo." Ben desligou o telefone e Mark caminhou pela sala de espera. A enfermeira do balcão o estudou de longe. O telefone dele tocou.

"Sim?"

"A Cynthia disse que ia se vestir e chegar aí. Mark, explique a eles o está acontecendo e diga que alguém vai estar aí para buscá-la," disse Ben.

"Certo."

"E, Mark?"

"O quê?"

"Tenha cuidado, por favor," disse o pai, preocupado. "Me avise."

"Eu aviso. Tchau." Ele foi até a enfermeira que já estava olhando para ele. "Eu estou aqui com a Grace Taylor. Eu tenho uma emergência e preciso sair." A enfermeira começou a balançar a cabeça e lhe dar um sermão. Ele a interrompeu rapidamente. "Eu sei que ela precisa de carona. Prometo que está tudo sob controle. A amiga dela está a caminho. Por favor." Ele esperou e a encarou.

"Tudo bem," disse ela.

"Obrigado. Por favor diga a ela por mim," suplicou ele.

"Certo."

"Esse é o número do meu pai. O nome dele é Ben. Ligue para ele se precisar de alguma coisa. Muito obrigado," disse ele.

"De nada. Espero que..." A voz dela desapareceu enquanto ele corria pela porta.

CAPÍTULO 12

Mark tentou desesperadamente não chorar enquanto dirigia rapidamente pela interestadual. Ele olhou para o velocímetro, fazendo o melhor para manter uma velocidade razoável. "Por que, Mark? Por que você deixou ela sozinha?" Ele perguntou repetidamente a si mesmo. Ele bateu com a palma da mão no volante. Quilômetro após quilômetro se passou até que ele finalmente chegou à ponte e atravessou para Indiana.

No hospital, Nicole estava em recuperação. Os médicos haviam terminado de operar os seus extensos ferimentos, mas ela permanecia inconsciente. Ashley estava sentada nervosa na sala de espera, esperando qualquer tipo de atualização. Um dos médicos saiu, à procura da família de Nicole.

"Eu não sou da família, sou uma amiga. Acho que ela não tem família por perto," disse Ashley.

"Eu entendo. Bem, no geral, parece bom. Ela está estável e em recuperação. Vamos mantê-la aqui por enquanto," informou o médico.

"Ela vai ficar bem?"

"Nicole sofreu uma lesão muito grave na cabeça. Ela está em coma. Eu sinto muito," disse ele.

"Então, o que isso significa?" Ashley perguntou.

"Bem, não há sangramento ou inchaço, então isso é bom. Comas podem durar alguns dias, semanas ou até meses. Só o tempo dirá agora."

Ashley enterrou o rosto nas mãos. Ela olhou para o médico em lágrimas. "Obrigada."

"Se houver alguma coisa que possamos fazer, ou se você tiver alguma pergunta, nos avise, está bem?"

"Certo." Ashley sentou por um minuto para se acalmar, então pegou o celular e ligou para o número de Mark.

"Alô?" Ele respondeu rapidamente.

"É a Ashley. Acabei de falar com o médico."

"O que ele disse? Ela está bem?"

"Ela está em recuperação. Ele disse que ela está estável," disse Ashley.

Ele respirou um suspiro de alívio. "Graças a Deus."

Ashley hesitou e continuou. "Ela está em coma, Mark. O médico disse que pode durar uns dias ou mais. Eles não têm certeza."

"O quê? Não!"

"Eu sinto muito. Eles disseram que ela levou uma pancada forte na cabeça."

"Meu Deus," ele chorou. "Eu não devia ter ido embora. Eu não devia ter deixado ela sozinha."

"A culpa não é sua. Não se culpe."

"Não teria acontecido se eu estivesse aí." Ele fez uma pausa e se acalmou. "Obrigado, Ashley. Obrigado por estar aí com ela. Eu vou chegar logo. Estou de volta em Indiana agora," disse ele.

"Está bem, eu te aviso se souber de mais alguma coisa."

"Obrigado." Mark largou o telefone e continuou pela autoestrada.

Ashley ligou imediatamente para o trabalho e deu a atualização. Sherrie ouviu incrédula. "Eu aviso se souber de mais alguma coisa," acrescentou Ashley.

"Ei, a polícia esteve aqui há pouco tempo, fazendo perguntas," disse Sherrie.

"Eles fizeram perguntas a vocês? Por quê?"

"Eu não sei. Eles queriam saber se a Nicole tinha falado com alguém, ou se conhecia alguém com uma caminhonete azul. Eu contei a eles como ela tinha visto o ex naquele dia e que estava preocupada com ele. Mas eu tenho certeza de que eles querem falar com você, já que você o viu," acrescentou Sherrie.

"Ok, eles querem que eu vá até aí?"

"Na verdade, acho que eles podem ir até você."

"Tudo bem. Obrigada, Sherrie. Falo com vocês daqui a pouco."

"Ei, você já ligou para o Mark?" Sherrie perguntou.

"Sim, liguei. Ele deve estar chegando. Ele já estava em Indiana quando falei com ele," disse Ashley.

"Certo. Obrigada, Ashley."

"Tchau." Ashley desligou o telefone e descansou a testa na palma das mãos. Tudo o que ela podia fazer era esperar.

Um policial entrou logo depois, para falar com ela. Ela olhou para ele de onde estava sentada, vendo-o se aproximar da recepção. Ele começou a conversar com a recepcionista quando Ashley se levantou e foi até ele. Ele se virou para olhar para ela. "Você é a Ashley Meyers?"

"Sim. Me disseram que você estava vindo."

"Eu gostaria de fazer algumas perguntas," disse ele.

"Certo." Eles se sentaram. Ashley esperou que ele começasse.

"Os seus colegas nos informaram que o ex-namorado da Nicole se aproximou dela no estacionamento recentemente. Eles acham que talvez você o tenha visto."

"Sim. Há algumas semanas, eu saí do trabalho e caminhei até o carro. Quando cheguei lá, a Nicole estava parada ao lado do carro dela e um cara estava lá gritando com ela. Ele chamou ela de vadia. Ela parecia morta de medo e ele a estava mantendo presa entre ele e o carro. Eu falei em voz alta e perguntei se ela estava bem, então ele se virou para olhar para mim," disse Ashley, nervosa.

"Você o reconheceria se o visse?" Ele perguntou.

"Ah, sim, definitivamente."

Ele mostrou uma foto. "É ele?"

Ashley olhou. "Sim, é ele."

"Obrigado, isso é muito útil," disse ele.

"O que aconteceu? O que está acontecendo? Eu pensei que ela tinha sofrido um acidente," disse ela, frustrada.

"A Nicole ligou para o 190 essa manhã do carro. Ela estava sendo seguida por uma caminhonete azul que empurrou o carro dela para fora da estrada. Até agora, não sabemos quem estava conduzindo a caminhonete, nem sabemos se isso tem alguma ligação com o ex dela, Josh. Não conseguimos localizar Josh ou a caminhonete, mas eu prometo que estamos fazendo tudo o que podemos para investigar esse assunto. Entretanto, precisamos que você e os outros colegas permaneçam calmos e nos avisem se o virem, ou algo fora do normal. Qualquer informação útil ajudaria muito."

"Sim, claro," disse ela.

Mark entrou pela porta de repente. Ele sondou a sala até fazer contato visual com Ashley. "Ashley! Como ela está? Ela está bem?"

"Acho que sim. Não ouvi nada desde que falei com você."

O oficial estudou Mark por um momento. "Você é parente?" O oficial perguntou.

"Não, quer dizer, não exatamente. Sou o namorado

dela. Os pais dela faleceram e a irmã está na faculdade em Ohio."

"Você ou a Nicole conhecem alguém que conduza uma caminhonete azul? Amigos, colegas de trabalho ou alguém que quisesse machucá-la?" O oficial perguntou.

"Caminhonete... não, mas o ex dela, Josh, estava a incomodando há algumas semanas. Talvez seja o carro dele," disse Mark.

"Sim, eu vi que ela pediu uma ordem de restrição. O Sr. Johnson não tem nenhuma caminhonete registrada no nome dele, mas isso não significa que não tenha sido ele. Ele pode tê-la pegado emprestado, roubado... nós não sabemos. A Nicole não deu à telefonista uma descrição específica do criminoso além de que ele era um homem."

"Que telefonista? O que aconteceu?" Mark perguntou frustrado.

"A Nicole ligou para o 190 a caminho do trabalho. Um homem numa caminhonete azul estava seguindo ela e a assediando. Ele a atirou para fora da estrada antes que os agentes pudessem responder. É a única informação que temos nesse momento. Estamos tentando encontrar testemunhas que possam ter visto a caminhonete ou o homem que a conduzia." Mark deixou a cabeça cair. Ashley tentou confortá-lo. "Senhor, vamos descobrir quem fez isso," o oficial tentou tranquilizá-lo.

"O posto de gasolina," murmurou Mark para si mesmo.

"O quê?" O oficial perguntou.

Mark levantou a cabeça de repente. "O posto de gasolina a caminho da cidade. Ela para lá às vezes para comprar café e lanches. Talvez ela tenha parado lá. Você pode verificar as câmaras, certo? Só por precaução."

"Certo. Sim, vamos verificar. Aviso assim que descobrir alguma coisa."

"Obrigado."

"Sem problema," disse o oficial, e saiu novamente.

"Acho que eu vou voltar para o trabalho," disse Ashley. "Você precisa que eu faça alguma coisa?"

"Não, eu estou bem. Obrigado novamente."

"Sem problema. Estamos todos aqui se vocês precisarem de alguma coisa," insistiu Ashley.

"Obrigado."

Ashley foi embora e Mark falou sozinho em voz alta. "O que eu quero, você não pode me dar."

Mark passou algum tempo andando de um lado para o outro, falando e pedindo desculpas à mãe, e se perguntando o que a polícia havia descoberto. Finalmente, ele foi até à recepção. "Oi, eu estou aqui com uma jovem, Nicole Turner. Eu posso vê-la?"

A enfermeira hesitou e franziu a testa antes de começar a falar. "Senhor..."

"Por favor," implorou ele. "Eu só quero vê-la por um segundo, depois eu prometo que saio."

"Está bem, venha comigo." A enfermeira se virou, atravessou um conjunto de portas duplas e o levou até a área de recuperação. Mark olhou em volta do quarto escuro, olhando para cada cama vazia. A última cortina estava fechada. Ela olhou para ele. "Tente se manter forte, está bem?"

Ele acenou com a cabeça e ela abriu lentamente a cortina. Os seus pulmões pararam de funcionar momentaneamente quando ele olhou para o rosto de Nicole. Ela estava entubada, e ataduras cobriam uma grande parte do lado esquerdo da sua cabeça. Os olhos dele escanearam o corpo dela até aos dedos dos pés. O mar de branco e o som das máquinas começaram a sobrecarregá-lo. Ele se aproximou dela e segurou uma mão flácida na sua. A dor e o choque o esmagaram. As pernas dele se enfraqueceram e ele caiu de joelhos, colocando a testa na mão dela. Ele chorou alto. A enfermeira levou a mão à boca, com lágrimas nos olhos. Ele levantou a cabeça e olhou para o rosto ferido de Nicole. "Oh, Deus, Nicole, eu sinto muito. Desculpe ter te deixado..." A voz dele se partiu e ele se esforçou para respirar. O seu corpo tremeu em agonia.

A enfermeira esperou pacientemente até que ele começasse a se acalmar. Ela se aproximou dele cautelosamente. "Senhor, se houver alguma coisa que possamos fazer..."

"Não, eu estou bem. Desculpe," disse Mark.

"Não precisa pedir desculpas." Ela o observou por um minuto antes de falar novamente. "Gostaria de ficar aqui com ela? Eu não sei quando ela vai ser transferida para um quarto, mas se você quiser ficar aqui com ela por agora..."

Ele olhou para ela com gratidão. "Obrigado. Você não sabe o quanto isso significa para mim."

Ela sorriu para ele. "Eu já volto." Alguns minutos passaram e ela voltou, empurrando uma cadeira reclinada, cobertores e uma almofada empilhada em cima. "Bom, não é um colchão super macio, mas não é tão ruim como parece," disse ela.

"É perfeito," respondeu ele.

"Vão servir o jantar em breve. Você quer que eu te traga uma bandeja?"

"Obrigado, mas eu não estou com fome agora. Talvez um pouco de água."

"Claro," disse ela, antes de fechar a cortina.

Ele limpou o rosto na manga o melhor que pôde, depois empurrou a cadeira para o espaço vazio ao lado da cama, o mais perto dela que podia chegar. Ele se sentou e desdobrou o pequeno cobertor que usou para pelo menos tentar se cobrir. A enfermeira retornou logo com um copo de gelo e uma garrafa de água. "Obrigado," disse ele.

"De nada. Vou estar aqui fora se você quiser mais alguma coisa." Ela sorriu e foi embora.

Ele se encostou por um momento e descansou ao lado de Nicole. Pensamentos correram através da sua mente. Ele olhou para o teto, segurando a mão dela, ouvindo os bips no outro lado da cama. De repente, ele se sentou, o mais novo pensamento chamando a sua atenção. Ele coçou a testa e olhou para Nicole. "Eu já volto."

Mark saiu de dentro da cortina. A enfermeira olhou para ele. "Está tudo bem?" Ela perguntou.

"É. Eu só preciso correr até em casa para tratar dos animais. Volto em breve," disse ele.

"Certo."

Ele conversou com Sherrie durante a saída, tentando confortá-la. "Ela está bem," disse ele. "Eles estão cuidando bem dela."

"Fico feliz de ouvir isso," disse ela, fungando. "Eu provavelmente não vou ficar muito tempo. Só queria passar por aqui antes de ir para casa."

"Ela gostaria de saber disso," disse ele. "Eu vou correr até em casa para cuidar dos animais e buscar algumas coisas. Volto em breve."

"Está bem," disse Sherrie. "Eu sinto muito, Mark. Vou manter vocês nas minhas orações."

"Obrigado," disse ele. "Eu te aviso se souber de mais alguma coisa."

"Sim, obrigada," disse ela.

Ele se virou, saiu pela porta e foi direto para a caminhonete. Quando chegou, ele pôde ouvir Bentley latindo excitado dentro de casa. Mark destrancou a porta e deu ao amigo uma massagem relaxante atrás das orelhas. "Certo, amigo, vamos lá." Ele o deixou sair pela porta, depois olhou para Salem, que começou a se esfregar pelas suas pernas. O gato ronronou alto o suficiente para ser ouvido do outro lado da sala. Mark se inclinou e o apanhou. Ele o segurou alto para que pudesse olhá-lo nos olhos. "Não se preocupe, ela vai estar em casa em breve." Ele abraçou o gato por um momento e depois voltou a colocá-lo no chão. "Ela vai estar em casa em breve," disse ele outra vez.

Mark respirou fundo e foi até o quarto buscar uma mochila. Ele a encheu com algumas roupas e foi até o banheiro buscar sua escova de dentes. Ele olhou para a escova de Nicole parada no suporte, depois olhou para si mesmo no espelho. Ele encarou o próprio reflexo até que a primeira lágrima rolou pela sua bochecha. Suas mãos apertaram o balcão cada vez mais forte, mostrando o contorno de cada músculo nos seus braços. Depois a sua cabeça afundou, e a dor o inundou.

Bentley podia ser ouvido latindo lá fora. Mark olhou para si mesmo, estreitou a postura e secou o rosto. Ele fechou a mochila e deixou Bentley entrar. Ele verificou uma última vez para ter certeza de que tudo estava sob controle, então saltou para a caminhonete e foi para o hospital.

Ele não pôde deixar de reparar no carro da polícia estacionado em frente ao hospital enquanto entrava. Quando passou pelas portas, ele imediatamente viu o oficial com quem havia falado antes. "Senhor," ele o cumprimentou, estendendo a mão.

"Ei, ainda bem que você está aqui. Queria que soubesse que temos as imagens da câmera do posto de gasolina."

"É?"

"Você tinha razão, ela esteve lá essa manhã. E o homem da caminhonete azul também. Ele a seguiu quando ela saiu," disse o oficial.

"Está falando sério? Meu Deus!"

"Bom, a boa notícia é que temos a placa dele e sabemos quem ele é. É só uma questão de tempo até o pegarmos."

"Espera, não foi o Josh?" Mark perguntou confuso.

"Não, não foi. Mas ele é primo dele."

"Então, o Josh estava por trás disso?"

"Desculpe, eu sei que é difícil, mas é tudo o que eu posso dizer agora. O melhor que você pode fazer é estar aqui pela Nicole e nós vamos cuidar dos homens por trás disso. Eu aviso se tivermos mais informações," disse o oficial.

Mark acenou com a cabeça e olhou para baixo. Depois que o policial saiu, ele tirou alguns minutos para ligar para a mãe e, em seguida, Ashley, para atualizá-las. A enfermeira que o tinha deixado entrar antes, saiu pelas portas duplas e ele acenou com o braço para chamar a sua atenção. "Espera, Ashley," disse ele, rapidamente. Ele foi até à enfermeira. "Posso voltar para dentro?"

"Sim, claro," disse ela. "Pode ir."

"Ashley, eles vão me deixar voltar para dentro. Falo com você mais tarde... Tchau." Ele desligou e seguiu a enfermeira.

"A propósito, meu nome é Angie," disse ela. "Só vou ficar aqui mais um pouco, depois o meu turno acaba e Jordan vai assumir. Eu vou dizer a ela que você está aqui para ela não se surpreender."

"Está bem, obrigado."

"Me avise se mudar de ideia sobre a comida. Eles não vão receber pedidos por muito mais tempo," disse ela.

"Na verdade, acho que vou aceitar."

"Claro. O que você quer e eu passo para eles?"

"Quero um hambúrguer e um Mountain Dew, se tiverem."

"Sem problema." Ela se virou e fechou a cortina atrás de si.

Pouco tempo depois, uma jovem trouxe a bandeja. Para a sua surpresa, o hambúrguer estava melhor do que ele esperava. Ele andou pelo quarto e olhou em torno do pequeno espaço por um tempo, tentando manter a mente ocupada. Eventualmente, a fadiga levou a melhor e ele caiu de volta na cadeira.

Mark acordou no meio da noite e olhou em volta, levando um momento para se lembrar de onde estava. Ele olhou para o relógio que agora marcava 4:16h, em seguida, foi até a cortina para espiar para fora.

"Bom dia," disse a enfermeira que estava atrás do balcão. "O meu nome é Jordan. Posso ajudá-lo com alguma coisa?"

"Não, estou bem, obrigado." Ele começou a fechar a cortina.

"O médico deve estar chegando para dar uma olhada nela. Talvez possamos tirar o tubo de respiração e movê-la para um quarto," disse ela.

"É bom ouvir isso," disse ele.

"Aguente firme. Ela está em boas mãos, eu prometo."

Ele acenou e se sentou, incapaz de dormir sabendo que um médico viria em breve. O relógio se arrastou lentamente e ele tinha certeza de que ela havia mentido. Finalmente, ele ouviu um homem falando fora da cortina, tentando manter a voz baixa. Por mais que Mark tentasse, ele não conseguia entender o que ele dizia. A voz ficou mais alta até que a cortina finalmente se abriu. O médico olhou para ele e sorriu. "Você deve ser o Mark," disse ele.

"Sim, senhor," respondeu ele, apertando a sua mão.

"Você tem uma mulher muito forte aqui."

"Sim, ela é," concordou Mark.

"Bem, vamos examiná-la agora e ver como ela está. Se ela estiver pronta, vamos tentar levá-la para cima e tirar o tubo respiratório."

"Obrigado, senhor."

"Você se importa de ir para a sala de espera por um momento? Avisamos quando for hora de voltar," perguntou o médico.

"Claro," respondeu Mark. "Acho que vou para casa tratar de umas coisas e volto daqui a pouco."

"Tudo bem," disse a enfermeira. "Pode vir aqui e eu te digo onde ela está."

～

Mark foi para casa e relaxou no sofá por um tempo. Ele passou pelos canais pensando que podia encontrar algo para assistir, mas suas esperanças foram frustradas. Canal chato após canal chato passou. Ele parou e voltou atrás até um que chamou a sua atenção.

"*...investigando um acidente que aconteceu ontem de manhã. Uma mulher permanece em estado grave depois de um suspeito a ter perseguido na autoestrada com a sua caminhonete. As autoridades estão investigando o paradeiro do suspeito...*" relatou a âncora.

Ele trocou de canal novamente, enjoado com a falta de novas informações. Bentley estava enrolado no chão ao seu lado, o gato estava na parte de trás do sofá atrás dele, e Mark olhou para o teto.

CAPÍTULO 13

Alguns dias se passaram. Nicole tinha sido extubada e transferida para o quarto. Mark continuou a ir e voltar entre a sua casa e o hospital, esperando notícias da polícia. O seu tio lhe deu o tempo que precisasse para se afastar da oficina. Ele pegou o celular de Nicole e procurou nos contatos até encontrar Annie. Annie era irmã dela em Ohio. Mark estava com medo de fazer essa chamada, mas sabia que ela precisava ser feita.

"Annie, o meu nome é Mark Taylor. Eu..."

"Você é o namorado da Nicole," disse ela com entusiasmo. "Ela me contou tudo sobre você." Ela parou, percebendo a peculiaridade de receber aquele telefonema aleatório. Afinal, a irmã dela não estava lá para os apresentar. "Está tudo bem?" Ela perguntou.

"Na verdade, eu liguei para te dizer que a Nicole sofreu um acidente há uns dias. Desculpe não ter ligado mais cedo, a minha cabeça estava a mil," disse ele.

"Ela está bem?" Annie perguntou urgentemente.

"Ela ainda está no hospital. Ela teve uma lesão grave na cabeça e está inconsciente desde o acidente."

"Ela está em coma?"

"Sim. Eles não têm certeza de quanto tempo vai durar, mas fora isso, ela está muito melhor. Os ferimentos estão começando a sarar," ele a tranquilizou.

"O que aconteceu? Na batida, quero dizer?"

"Na verdade, ela foi colocada para fora da estrada. Um cara numa caminhonete seguiu ela e perseguiu o carro até ela perder o controle."

"Meu Deus! Você sabe quem foi? Conseguiram pegá-lo?"

"Ainda não, ou pelo menos não que eu saiba. A polícia me disse que ele era primo do Josh," disse Mark.

"Você está brincando! Eu sabia que aquele cara era maluco," disse ela.

"É. Bom, eles estão à procura dos dois. Eu achei que você devia saber o que está acontecendo."

"Obrigada, eu agradeço. Eu acabei de voltar para a faculdade, mas vou até aí assim que puder para ver como ela está."

"Ela adoraria. Vou manter contato."

"Sim, obrigada," disse ela.

"Sem problema. É melhor eu ir."

"Certo, obrigada por estar com ela."

"De nada. Até logo," disse ele.

"'Tchau."

Ele desligou o telefone, caminhando em frente ao hospital, depois se virou para entrar. Quando subiu, Becky e Ashley já estavam fazendo uma visita.

"Oi, Mark," disse Becky.

"Ei," respondeu ele.

"Ela está muito melhor," disse Ashley.

"É, ela melhorou muito em apenas alguns dias," disse ele.

Eles ficaram sentados por um minuto até o telefone de Mark interromper o silêncio. O aparelho tocou uma vez e ele atendeu. "Alô... Olá, oficial... Estou bem, e você?" Mark se sentou em silêncio, ouvindo o policial falar. As garotas se sentaram em silêncio, à espera de que ele dissesse alguma coisa. "São boas notícias, obrigado... Certo... Está bem, obrigado... Adeus," disse Mark, antes de desligar o telefone.

Ele olhou para Ashley e Becky, que estavam ansiosamente esperando que ele falasse. "Eles encontraram o cara, o primo do Josh. Ele está sob custódia," disse ele.

"Isso é ótimo," disse Ashley. "E o Josh?"

"Ainda estão à procura dele. Mas ele disse que me manteria informado," disse Mark.

"Ok, é melhor do que nada, certo?" Becky perguntou.

"É. Eles vão pegá-lo. Ele não pode se esconder para sempre," disse Mark, olhando para os sapatos.

Ashley olhou para Mark e sentiu a sua inquietação. "Bom, Becky, eu tenho que ir andando. Tenho que ir para casa e cuidar do meu gato antes que ele me faça pagar o preço. Você está pronta para ir?"

"Acho que tenho que estar, já que eu te trouxe até aqui." Becky levantou uma sobrancelha na direção dela. Ela se virou e olhou para Mark. "Nos falamos mais tarde," disse ela.

"Até logo," disse ele.

～

Mark esfregou os pés de Nicole por um tempo, depois caiu na poltrona junto à janela e ligou a televisão. Ele mudou de canal durante vários minutos antes de escolher um filme antigo para assistir. Uma entrega de pizza e uma garrafa de refrigerante mais tarde, Mark adormeceu na cadeira. A nova enfermeira do turno entrou para ver Nicole, e Mark se sentou, assustado com o som dos seus sapatos guinchando.

"Desculpe," disse ela. "Eu não queria acordar você."

"Tudo bem," disse ele, olhando para o relógio. "Eu preciso mesmo ir. Tenho que ir para casa, mas devo voltar daqui a pouco."

"Ótimo."

~

Mark parou para comprar comida de cachorro e depois voltou para casa. Graças à sua soneca, o sol já se tinha posto, fazendo a volta para casa no escuro. Ele parou na entrada e caminhou em direção à casa. A única luminária que ele tinha deixado acesa iluminava a sala, e a cabeça de Bentley podia ser vista olhando pela janela. "Oi, garoto!" Ele sorriu para o animal.

Ele abriu a porta para deixar que ele saísse, em seguida, foi até o celeiro. Mark entrou na cerca e fechou o portão atrás de si para que pudesse deixar os cavalos saírem. Bentley andou pelo pátio no início, de nariz no chão. Depois começou a ladrar e correu para o portão. "Espera aí, amigão. Já volto."

O cão continuou a latir freneticamente, arranhando a cerca. Mark abriu a porta do celeiro e olhou para o cão perturbado. "Está bem, está bem. Desculpa, eu pensei que você quisesse..." Mark parou de falar em um instante. A ponta de uma arma estava pressionada contra a sua nuca.

"Não se mexa," disse Josh. Bentley enlouqueceu, rosnando e cavando desesperadamente no chão sob o portão. Mark estendeu as mãos para o lado, tornando-as visíveis. "Finalmente, vou conhecer o Sr. Simpático. Entra no celeiro," disse Josh. Mark entrou devagar.

"Feche a porta... agora," continuou Josh. Mark obedeceu às exigências, ouvindo o seu cão em pânico no lado de fora. "Vá lá para cima."

Josh seguiu Mark pelos degraus até o palheiro, a arma inabalável. Ele apontou para um fardo solitário de feno no meio do piso. "Sente-se... Mark."

Mark obedeceu. Ele se virou para sentar e fez contato visual com Josh pela primeira vez. Josh pareceu fraco. Havia uma aura de medo e uma falta de confiança irradiando dele, que Mark percebeu logo de início.

Mark olhou na sua direção, à espera da próxima instrução. "E agora?" Ele finalmente perguntou.

"O que aconteceu? Você está ansioso para sair daqui, para ver a minha garota? Bom, pode desistir!" Josh gritou. Mark se sentou em silêncio e olhou para ele, sem saber o que dizer a seguir. "Você realmente achou que eu ia te deixar se safar dessa? Ela é minha. Ela sabe disso."

"Nesse momento, ela não sabe de nada. Ela está em coma, por sua causa," disse Mark.

"Eu acho que não. Não. Isso é culpa *sua*, não minha. Se você não tivesse se intrometido na vida dela, ela não estaria onde está agora!" Josh manteve a arma apontada para ele e andou de um lado para o outro. Mark ouviu o seu pobre cão, torturado porque não conseguia entrar. Ele continuou a segurar as mãos para o alto, esperando por qualquer oportunidade que tivesse para agir. "Eu não vou deixar você tirar ela de mim," disse Josh, balançando a cabeça.

"Olha, eu entendo o que você está dizendo, cara. Mas você não tem um probleminha?" Mark perguntou, tentando arrastar a conversa.

"Qual é o meu problema?"

"Todos os policiais da área estão procurando por você. Até onde você vai chegar com ela? Como você vai chegar nela quando todo mundo está procurando por você?"

"Bom, eles não vão saber que estou aqui, vão?" Josh comentou. "Você pensa que eu não consigo lidar com a polícia? Eles não são nada."

"Então porque você precisa me matar?" Mark perguntou. "A Nicole te ama, certo? Ela não vai me escolher em vez de você. Por que me matar?"

"Porque eu conheço o seu tipo. Você vê uma garota como ela, e pensa que pode chegar com o seu charme e boa pinta e afastar ela de caras como eu. Eu costumava ver isso o tempo todo. Os homens tentavam conversar com ela quando pensavam que eu não estava por perto, sorrindo para ela. Eles sempre eram muito simpáticos. Ela não via o que eles estavam fazendo, mas eu via. Eu tinha que mostrar a ela o que eles estavam realmente fazendo."

"E como você fez isso? Batendo nela, mandando alguém jogar ela para fora da estrada? Você acha que ela já aprendeu a lição?" Mark perguntou.

"Quando ela acordar, ela vai saber quem a ama de verdade. E você, você não vai estar lá quando esse dia chegar. O pobre Mark se suicidou tragicamente porque não conseguia suportar a dor de não saber se ela acordaria. Horrível, não é?" Josh perguntou. Ele continuou pregando para Mark, que se manteve sentado calmamente, apesar da situação. Bentley continuou latindo lá fora. "Aquele cachorro não se cala?!" Josh gritou.

"Provavelmente não, ele nunca cala a boca," disse Mark. Bem a tempo, Bentley ficou em silêncio e Mark franziu a testa.

"Finalmente, aquele cão estúpido entendeu."

Bentley se espremeu pelo buraco que havia cavado debaixo da cerca e correu para o celeiro. Na parte de trás da construção, ele entrou pela porta que Mark havia feito para que ele usasse durante inverno. Ele correu diretamente para as escadas e deu de cara com eles.

Josh viu Bentley correndo na sua direção pelo canto do olho, e se virou para apontar a arma para ele. Mark correu na direção dele o mais depressa que pôde, aproveitando a oportunidade.

A arma disparou, Bentley gritou de dor, e os cavalos relincharam alto diante do som que ecoou. Mark atacou

Josh e prendeu o seu braço direito no chão. Josh tentou retaliar com a mão esquerda, mas Mark evitou o golpe. Ele o dominou facilmente e tirou a arma da sua mão.

Mark apontou a arma para Josh, que olhou para ele em fúria. "Agora você vai me ouvir, seu merda! Você *nunca* mais vai se aproximar dela. Apodreça no inferno!" Mark gritou. Josh cuspiu no seu rosto. Mark reagiu rapidamente com o punho direito e o corpo de Josh ficou flácido. Ele saiu de cima dele e rastejou até Bentley, que estava choramingando do outro lado. "Aguenta, rapaz. Fica comigo."

Ele pegou celular e ligou para o 190. Ele estava tão nervoso que se esforçou para explicar a situação ao telefonista do outro lado da linha. Quando finalmente encontrou as palavras e deu a eles o seu endereço, ele desligou o telefone e olhou para Josh, que tinha começado a acordar. Mark correu para um fardo de feno, puxou o seu canivete e cortou a corda. Ele a levou até Josh e o rolou para baixo, amarrando as suas mãos atrás das costas.

Depois tirou a camisa e correu para Bentley, pressionando-a na ferida do cão. "Aguenta aí, amigão. Está tudo bem. Vai ficar tudo bem." Ele ficou ali segurando o cachorro, o confortando até ouvir as sirenes se aproximando. "Eles vêm aí, amigo. Aguenta, eles estão chegando."

Josh acordou e olhou para Mark, o encarando com ódio. "Isso ainda não acabou," disse Josh.

"Ouviu? Acabou, seu idiota," respondeu Mark.

"Ah, eu machuquei o vira-lata?" Josh perguntou sarcástico.

"Você é hilário. Talvez alguém na prisão ache graça disso."

"O meu pai é advogado, eu não vou a lugar nenhum," sorriu Josh.

"Aposto que está muito orgulhoso."

"É, quem é você? Um mecânico?" Disse Josh. "Eu

trabalho com TI. Posso arranjar um emprego de verdade trabalhando para qualquer um."

"É verdade. Talvez eles deixem você consertar o sistema de informática da prisão."

A porta do celeiro se abriu e dois agentes entraram com lanternas. Um paramédico entrou atrás deles. "Aqui em cima," gritou Mark.

Os socorristas subiram os degraus até o palheiro. Os agentes olharam em direção Mark, examinando o sangue nas suas mãos. "Você está bem?"

"Sim, eu não estou ferido. O meu cachorro levou um tiro," disse Mark.

A paramédica se ajoelhou e o examinou. Ela olhou para o cão. "Certo, vamos ter que levar ele até um veterinário. Não há muito que eu possa fazer."

"Eu posso cuidar disso," disse ele.

Ela enfaixou a perna do cão o melhor que pôde. Os agentes colocaram Josh de pé e o algemaram. Sangue descia pelo lado esquerdo do seu rosto devido ao gancho de direita de Mark. "Aqui está a arma dele," disse Mark, a entregando à polícia. Ele e Josh trocaram olhares enquanto ele era escoltado até às escadas.

Mark ligou para o Dr. Smith, que concordou em se encontrar com ele na clínica o mais depressa possível. "O veterinário vai me encontrar lá. Obrigado por ajudar ele," disse ele à paramédica.

"Sem problema," disse ela. "Você tem certeza de que está bem?"

"Sim, está tudo bem. Eu não tenho nenhum arranhão."

"Tudo bem," disse ela. "Boa sorte com tudo. Espero que ele fique bem."

"Obrigado," Ele pegou o cão nos braços e o carregou pelas escadas e até a sua caminhonete. Ele olhou para Josh uma última vez antes deles o colocarem no carro.

"Vira-lata estúpido!" Josh gritou.

O agente fechou a porta e foi até a caminhonete.

"Vamos escoltar você até à cidade," disse o oficial. "Vá em frente e leve o cachorro para ser examinado, então vamos ter que fazer algumas perguntas."

"Eu entendo, o que vocês precisarem," disse Mark.

Ele seguiu a polícia e a ambulância até à cidade. Um carro da polícia seguiu direto para a clínica veterinária e Mark o seguiu. O Dr. Smith estava saindo do carro quando Mark chegou. Ele correu para o lado do passageiro e pegou Bentley gentilmente. O Dr. Smith correu para examiná-lo. Ele puxou um pouco a atadura. "Vamos levá-lo para dentro," disse o veterinário.

Carol chegou quando eles estavam passando pela porta. O médico o encaminhou para os fundos. "Deite ele nessa mesa para mim." Mark obedeceu e acariciou a cabeça do cão enquanto o médico removia as ataduras. Carol se apressou e vestiu as luvas. Eles examinaram o cão e o médico deu instruções à Carol sobre o que fazer.

"Mark, vamos levar o Bentley para cuidar da perna dele," disse Carol. "Quando acabar, vamos nos certificar de que descanse confortavelmente. Ele vai ficar bem," ela o tranquilizou.

"Quando eu devo vir buscá-lo?" Ele perguntou.

"Você pode vir amanhã, se quiser ver como ele está. Talvez precisemos ficar com ele por uns dias, mas você pode vir visitar, se quiser."

"Obrigado. Muito obrigado por fazer isso," disse ele.

"De nada," disse ela.

"Obrigado, doutor," disse Mark.

"Sem problema. Ele vai ficar bem."

Mark se virou e olhou para o agente à sua espera. "Me siga até à delegacia para eu te fazer algumas perguntas. Não deve demorar muito," disse ele.

"Certo."

~

O agente se sentou com Mark para recolher um depoimento. "Me conte o que aconteceu essa noite."

"Bom, eu fui visitar a Nicole no hospital e adormeci. Acordei mais tarde do que queria. De qualquer forma, fui para casa para cuidar dos animais e tudo o mais," disse Mark.

"A que horas você chegou lá?" O oficial perguntou.

"Provavelmente perto das dez. Já estava escuro, disso eu sei."

"Certo. O que aconteceu depois que você chegou lá?"

"Hum, eu fui até à casa e abri a porta para deixar o Bentley sair."

"E esse é o pastor alemão?" O oficial esclareceu, enquanto tomava notas.

"Sim. Eu fui até ao portão para cuidar dos cavalos enquanto Bentley corria pelo pátio. Eu fechei o portão, e quando estava indo para o celeiro, o Bentley começou a agir muito estranho," disse Mark.

"O que ele estava fazendo?"

"Ele começou a latir. Ele nunca faz isso a menos que alguém estacione na entrada, ou ele veja outro cachorro, ou algo assim. Eu achei estranho porque ele estava olhando para mim. Eu continuei andando e abri o celeiro. Ele continuou latindo. Então, eu me virei para voltar e pegar ele, e quando dei por mim, tinha uma arma apontada contra a minha nuca."

O oficial continuou escrevendo, "Então o que aconteceu?"

"Ele me levou para o celeiro e fechou a porta, depois me disse para subir até o mezanino. Eu subi os degraus e me sentei num fardo de feno. Ele manteve a arma apontada para mim e insistiu em me dizer como a Nicole era dele e eu não podia ficar com ela," disse Mark, revirando os olhos.

"Então, Bentley ainda está do lado de fora do portão latindo à essa altura?"

"É. Depois que tínhamos ficado lá em cima por um tempo, Bentley de repente ficou quieto. Acho que foi quando ele finalmente cavou a passagem por baixo do portão. Então ele correu para o celeiro - ele tem a própria porta. Chegando lá, ele subiu os degraus. O Josh ouviu ele chegando e se virou para atirar, e foi aí que eu agarrei ele e consegui pegar a arma. Consegui amarrar ele e chamei vocês."

"Certo. Uau," disse o policial, tirando os olhos do caderno de notas, "você tem um cão e tanto."

"Eu sei," disse Mark. Os seus olhos brilharam e ele olhou para longe do oficial. "Ele salvou a minha vida."

"Salvou mesmo. Olha, isso é tudo o que preciso de você agora. Espero que Bentley fique bem."

"Obrigado, tenho certeza de que ele vai ficar bem. Ele está em boas mãos," disse Mark.

"Como está a Nicole, por falar nisso?" O oficial perguntou.

"Ela está melhorando. O corpo dela está sarando, mas ela ainda não acordou."

"Ela vai acordar. E que história você vai ter para contar."

"É, não brinca," riu Mark.

"Obrigado mais uma vez, Mark. Desculpe manter você aqui tão tarde."

"Sem problema, não vou conseguir dormir de qualquer maneira. Acho que eu vou para casa, terminar de fazer o que fui lá para fazer em primeiro lugar."

O policial sorriu, e Mark se levantou e caminhou até a caminhonete. Ele bocejou e olhou para o relógio no rádio que agora marcava 00:13h. Ele ligou o carro e voltou para casa, observando os dois carros no estacionamento da clínica veterinária quando passou.

Quando chegou em casa, ele se sentou na varanda por alguns minutos, pensando no que tinha acontecido. Ele suspirou e foi até o celeiro. Assim que a porta se abriu, ele viu o rastro de sangue pela escada. Os cavalos tinham se acalmado, mas ainda estavam nervosos devido à toda a ação. "Está tudo bem agora," disse ele, acariciando-os. Ele os deixou sair para correr, e depois entrou em casa.

Salem o cumprimentou como sempre. "Espero que a sua noite tenha sido melhor que a minha," disse ele ao gato. "Vamos lá."

Mark foi até à cozinha e alimentou o gato, antes de ir ao banheiro para limpar todo o sangue. Depois, a fadiga tomou conta do seu corpo e ele caiu na cama.

CAPÍTULO 14

Mark acordou na poltrona ao lado da cama de hospital de Nicole. Ele olhou para ela, só por precaução. Doze dias haviam passado desde o acidente. Bentley estava mancando, mas fora isso, de volta ao normal. O incidente de Mark à mão armada se tornou o assunto da cidade, e as notícias do estado de Nicole também se espalharam. Flores, cartões e animais de pelúcia inundaram o quarto do hospital. A sua irmã Annie havia ido visitá-la, assim como os pais de Mark. O amor demonstrado pela comunidade o ajudou a se manter forte. Mas nada podia animá-lo tanto quanto as piadas engraçadas de Nicole, das quais ele vinha sentindo falta.

Ele se levantou, alongou o corpo e foi até à cama para esfregar os pés dela, como tinha feito todos os dias. Ele se sentou com o jornal e o leu para ela. "Olha, tem um novo restaurante abrindo do outro lado da cidade. Nós temos que experimentar." Ele riu por um momento. "Espero que as garçonetes sejam simpáticas." Ele continuou lendo. "Blá, blá, blá. Nada de novo."

O papel fez barulho enquanto ele tentava dobrá-lo de volta ao seu estado original. Ele ligou a televisão, tentando encontrar alguma coisa, qualquer coisa para ocupar a mente.

"Toc, toc," disse o Dr. Smith, quando entrou na sala.

Mark sorriu para ele e se levantou para apertar a sua mão. "Como vai?" Mark perguntou.

"Muito bem," respondeu o Dr. Smith. "E você?"

"As coisas estão indo bem, eu acho. Ela parece estar melhorando. Às vezes eu me pergunto se ela consegue me ouvir quando eu falo com ela. Eu não sei." Ele fez uma pausa. "O Bentley está muito melhor, graças a você. Quase não dá para perceber que aconteceu alguma coisa com ele."

O Dr. Smith olhou para ele e levantou as sobrancelhas. "Mark, como *você* está?"

"Eu... Eu não sei. Eu ainda não pensei sobre isso. Ela é uma parte tão grande da minha vida. Acho que eu não percebi o quanto precisava dela até agora," disse Mark.

"É compreensível. Mas eu quero que você lembre que a Nicole não é a única a passar por isso. Você está nessa jornada com ela. Não faz mal se você não for o Super-Homem vinte e quatro horas por dia, sete dias por semana. Estamos todos aqui quando você precisar conversar. Tudo bem?"

"Agradeço muito, e ela também."

"Então, o que você tem feito?" O médico perguntou jogando conversa fora.

Mark colocou as mãos para o alto e olhou em volta da sala. "O que você está vendo."

"O que mais?" Dr. Smith perguntou.

"O que mais existe para fazer?" Mark respondeu.

O veterinário riu e balançou a cabeça. "Você é um bom homem. Eu não vou tentar te convencer a ir a outro lugar. Só lembre de cuidar de você também."

"Eu vou ficar bem. Vou ficar melhor quando ela melhorar."

O Dr. Smith mudou de assunto, tentando conversar com Mark sobre tudo menos os problemas que o rodeavam. Eles assistiram um pouco da programação matinal chata na tv antes do Dr. Smith ir para casa.

Mark resistiu até o meio-dia, antes de ceder e desligar a televisão. Ele olhou para Nicole. "Eu já volto, amor. Vou comer alguma coisa."

Mark dirigiu até Carolina, pensando no restaurante. Depois desistiu, e ao invés disso, foi até o Joe. A habitual fila da hora de almoço de sábado tinha se formado, e Mark esperou pacientemente a sua vez. Os clientes desapareceram e ele ficou frente a frente com Joe no balcão.

"Mark! Meu Deus, cara, como você está?"

"Estou bem, amigo," disse Mark.

"Cara, eu soube o que aconteceu com a Nicole. Como ela está?"

"Ela está melhorando. Começando a sarar."

"Que bom, cara. Que bom. O que aconteceu com aquele maluco que foi na sua casa naquela noite? Eu quase sujei as calças quando ouvi sobre isso," disse Joe.

"Maluco é a palavra-chave. E eu também quase me sujei," disse Mark, rindo. "É uma longa história, eu te conto um dia desses."

"Combinado. Eu suponho que você não veio aqui para ser interrogado. O que você vai querer?" Joe perguntou.

"Vou querer o meu cheeseburger de sempre com alface, cebola e picles. E coloca maionese e mostarda por favor," acrescentou Mark.

"Milkshake de Chocolate, também?" Ele perguntou.

"Claro," respondeu Mark.

"Pode deixar, amigo. É por conta da casa, está bem?"

"Obrigado, cara, mas não precisa..."

"Por favor, eu insisto," disse Joe.

"Tudo bem, mas só dessa vez."

Mark sorriu e foi para o lado, para esperar pela comida. Ele ficou parado debaixo de uma árvore para se esconder do sol quente. O calor de 33 graus praticamente cozinhava os clientes na fila. Debaixo de uma árvore vizinha, um casal de idosos estava sentado lado a lado numa mesa de piquenique, comendo o seu almoço na sombra. O cavalheiro acariciava as costas da esposa enquanto conversavam suavemente um com o outro. Mark se pegou observando o casal enquanto esperava. Ele sorriu no início, mas depois sentiu um sentimento de tristeza. Ele se perdeu sonhando acordado, inundado pelas memórias felizes que haviam melhorado a sua vida nos últimos meses. E pela primeira vez desde que a tragédia havia começado, Mark se sentiu sobrecarregado de preocupação. Lágrimas rolaram pelo seu rosto, e as suas mãos tremeram.

Ao longe, Joe chamou o seu nome. Mark não respondeu. "Mark," disse Joe, porém mais uma vez, ele permaneceu parado.

Joe saiu carregando a comida. O casal de idosos olhou na direção deles. Joe se aproximou de Mark e empurrou o seu braço com cuidado. "Mark?" Ele perguntou. Os olhos de Mark finalmente se afastaram do casal, que agora olhava para ele. Ele olhou em direção a Joe, que perguntou: "Você está bem?"

Mark balançou a cabeça. "Não." Ele chorou silenciosamente. "Não."

Joe pôs um braço à sua volta. "Ei, cara. Vai ficar tudo bem. Ela é forte. Ela é jovem e saudável. Ela vai ficar bem."

Mark concordou com a cabeça. "Eu sei, mas não é justo. Por quê? Por que ela? Ela é tão perfeita. Ela não faria mal a ninguém. Ela nunca fez mal a ninguém," chorou Mark.

"Eu sei, eu concordo. Não é justo. Eu não sei por que essas coisas acontecem, mas eu acredito que ela vai ficar bem. E essa experiência pode aproximar vocês ainda mais do que antes. Você nunca vai esquecer disso, com certeza." Joe sorriu para ele, tentando parecer o mais otimista possível.

Mark levantou as sobrancelhas em resposta. "É, acho

que não." Ele olhou em volta para os clientes preocupados, se sentindo um pouco envergonhado. "Eu sinto muito, cara."

"Tudo bem. Não se desculpe, está tudo bem."

"Obrigado," suspirou ele. Joe entregou o pedido e lhe deu uma palmadinha nas costas. "Obrigado. Eu estou bem agora."

"Certo." Joe começou a caminhar de volta para a sorveteria. "Olha, se você precisar conversar, sabe onde me encontrar."

"Obrigado, cara," disse Mark.

Ele comeu o hambúrguer enquanto voltava para a caminhonete. Enquanto dava outra mordida, o telefone tocou. Mark mastigou e engoliu depressa. Ele lutou para tirar o telefone do bolso enquanto segurava a comida. "Alô?"

"Mark, aqui é o Dr. Baker do Memorial Williams."

O estômago de Mark virou. "Sim, olá, doutor."

"Temos algumas novidades se você quiser vir até aqui"

"Já estou indo," respondeu Mark, imediatamente.

Ele correu os últimos passos até a caminhonete e dirigiu até o hospital. O pensamento de não saber o que estava prestes a ouvir o deixou doente. As suas mãos tremiam ao ponto de ser difícil manobrar o volante. Ele chegou ao hospital, engoliu o caroço na garganta e saiu da caminhonete.

Mark atravessou o edifício até o quarto de Nicole. A enfermeira o viu chegar da recepção. "Vou avisar o médico que você está aqui," disse ela.

Ele acenou com a cabeça e se voltou para olhar para Nicole. Ela estava deitada pacificamente, tal como tinha feito quando ele a deixou. O médico se aproximou da recepção e conversou com a enfermeira por um momento, então ambos entraram no quarto.

"Muito bem, Mark. Primeiro o mais importante.

Você pode relaxar um pouco," disse o médico, olhando para os nós dos dedos brancos de Mark. "Está tudo bem, eu não queria alarmar você."

"Estou bem," disse Mark.

"Bom, temos alguns bons resultados da tomografia mais recente da Nicole. Claro, eu não posso garantir nada de uma forma ou de outra, mas as coisas estão começando a parecer otimistas. O exame mostrou um nível de atividade mais elevado no cérebro."

"Então, o que isso significa?" Mark perguntou.

"Tipicamente, um aumento na atividade cerebral pode levar a um aumento da consciência," disse o médico.

"Você quer dizer que ela está acordando?"

"Estou dizendo que é mais provável. Como eu disse, não posso garantir nada. Apenas saiba que há esperança. Continue fazendo o que você está fazendo e se mantenha positivo."

"Você acha..." Mark começou. Ele engoliu o caroço na garganta e depois continuou. "Você acha que ela consegue me ouvir?"

"Eu não posso dizer que sim e nem que não. Normalmente, as pessoas em coma não percebem nada do que as rodeia. No entanto, com o aumento da atividade cerebral... bem, nunca se sabe. Mas não faz mal continuar tentando." O médico sorriu para ele.

"Eu não vou parar de tentar," disse Mark. Os olhos da enfermeira se encheram de lágrimas, e o sorriso do médico aumentou.

"Você é um bom homem," disse o médico.

"Eu só a amo demais. É só isso."

"Aguente firme, Mark. Nos avise se tiver alguma pergunta," disse o médico, lhe dando uma palmada nas costas. Ele e a enfermeira se viraram e saíram do quarto.

~

Mais tarde naquela noite, Mark se virou na poltrona tentando dormir. Tic, tic, tic; o som do relógio ecoava no quarto. Depois de uma hora mudando de posição e olhando para o relógio, ele finalmente adormeceu.

Mark sentiu uma mão suave no seu braço esquerdo. Então uma voz suave falou com ele. "Mark. Mark?" Disse a voz. Ele abriu os olhos lentamente. Nicole estava de pé ao seu lado, sorrindo.

"Nicole?" Ele se sentou rapidamente. "Nicole, você está acordada!" Ele saltou da cadeira e a embrulhou num abraço. "Meu Deus. Eu sabia. Eu sabia que você voltaria para mim." Ele a apertou com força e ela acariciou as suas costas para o confortar.

"Está tudo bem, querido. Vai ficar tudo bem," ela o tranquilizou.

Ele chorou no ombro dela. "Tive tanto medo de te perder."

"Mark?" Ela falou ao seu ouvido.

"Sim?"

"Mark," disse ela novamente.

Ele recuou para a olhar nos olhos. "O que foi?" Ele perguntou.

"Acorda, Mark." Ela sorriu para ele.

~

"Mark," disse a enfermeira, empurrando o seu braço. "Mark, acorda," disse ela outra vez. Ele finalmente acordou, ofegante, olhando em volta do quarto. "Desculpa, eu não queria te assustar." Ele olhou para ela, depois olhou para a cama. Nicole ainda estava lá, deitada. Ele deixou a cabeça cair, desapontado.

"Que horas são?" Ele murmurou em transe

"02:45h," disse ela.

"O que aconteceu? Por que você me acordou?" Ele perguntou.

"Eu pensei que você gostaria de saber que ela tem se mexido um pouco."

"Se mexido? Como assim?"

"Nada de especial, só pequenos movimentos com os braços e as pernas. Quase como se estivesse inquieta," esclareceu a enfermeira.

"Isso é ótimo!" Disse ele.

"Pensei que talvez você pudesse conversar com ela. Para ver se conseguimos algum tipo de resposta," disse ela.

"Está bem, claro."

Mark se levantou e foi até à cabeceira de Nicole. Ele parou e olhou para ela. Então pegou sua mão e a segurou entre as dele, acariciando suavemente. "Nicole, se você está me ouvindo, eu preciso te dizer uma coisa." Ele fez uma pausa, reunindo os seus pensamentos. "A primeira vez que eu te conheci, naquele dia na clínica veterinária, você mudou a minha vida. Eu soube, no momento em que você olhou para mim, que você era especial. Eu tinha que te conhecer, saber quem você era. E agora que eu te conheço, eu sei que não sou o mesmo sem você. Eu não consigo pensar, não consigo dormir, não consigo sorrir..." A voz dele diminuiu. "Eu sei que não estamos juntos há tanto tempo, mas eu não posso ignorar o que eu sinto. Eu te amo, Nicole. Eu te amo muito. Eu vou ficar aqui com você para sempre, se for preciso." Ele chorou gentilmente e descansou a testa no braço dela.

A outra mão de Nicole tocou graciosamente a parte de trás da cabeça dele, correndo os dedos pelo seu cabelo macio. "Eu também te amo," disse ela. Uma lágrima rolou pela sua têmpora. A enfermeira ofegou à porta. Mark levantou a cabeça sem acreditar e encontrou o olhar dela. Ele não conseguiu dizer nada e tudo o que podia fazer era chorar. "Está tudo bem," disse ela. "Não chore, querido."

"Eu pensei que ia te perder." Ele a olhou nos olhos e secou a lágrima. "Meu Deus, eu não acredito que você está olhando para mim, falando comigo. Todos os dias eu rezei para que você abrisse os olhos e olhasse para mim."

"Vem aqui," disse ela, puxando-o para o abraçar. Eles continuaram assim até que o médico entrasse. Ele deixou que eles se abraçarem por um momento antes de pedir a Mark para sair, para que ele pudesse avaliar a condição de Nicole.

Mark saiu e caminhou pelo corredor. Ele tremia com uma mistura de nervosismo e excitação. Depois do que pareceu uma eternidade, o médico saiu para conversar com ele.

"Mark, ela está ótima. Por ter estado em coma durante doze dias e por tudo o que ela passou, eu não poderia estar mais feliz. Agora, eu quero que você se lembre de que as pessoas normalmente não acordam de um coma e voltam imediatamente ao normal. Ela vai demorar um tempo para se habituar às coisas novamente. Coisas que você e eu consideramos comuns, como andar e comer, vão ser difíceis para ela durante algum tempo. Dependendo de como ela lida com isso, ela pode precisar de terapia. Mas no geral, ela é jovem e saudável. Acho que ela vai ficar bem," disse o médico. "Você está bem?" Ele perguntou.

"Estou ótimo," disse Mark. "Acho que estou em choque, mas estou ótimo."

"É compreensível. Isso vai ser um processo de recuperação para vocês dois. Tente se manter forte e positivo como você tem sido, e vocês vão voltar ao normal antes que perceba."

"Obrigado, doutor."

~

O Dia das Bruxas chegou na clínica veterinária. Nicole estava usando adoráveis orelhas de gato cinzentas, um nariz pintado e bigodes. Ela parou na recepção conversando com Sherrie ao final do dia. "Então, vocês dois têm planos para essa noite?" Sherrie perguntou.

"Não. Acho que vamos só pegar uma pizza e ver filmes de terror a noite toda."

"Parece divertido," disse Sherrie.

"É, eu estou animada. Adoro Halloween," acrescentou Nicole.

A campainha tocou e Mark entrou. "Ei, garota. Pronta para ir?"

Ela acenou com a cabeça em resposta. "Te vejo amanhã," disse à Sherrie.

"Boa noite," disse ela. Ela sorriu para Mark e ele sorriu de volta.

Mark e Nicole pegaram uma pizza e foram para casa. Ela colocou a mão para fora da janela, desfrutando do ar quente e incomum para o último dia de outubro. Quando estacionaram na entrada, Bentley ladrou de dentro de casa. Eles entraram para comer a pizza e decidir quais filmes clássicos de Halloween queriam assistir.

Mark olhou para Nicole. "Ei, você quer dar uma volta antes de assistir ao filme?"

"Claro," disse Nicole. Ela o seguiu até à garagem e saltou no quadriciclo atrás dele. Ele acelerou pela estrada. "Vamos para onde?" Ela perguntou.

"Eu pensei que podíamos dar uma volta pelo lago hoje," disse ele.

"Ok, parece ótimo."

Eles percorreram o caminho. O sol estava se aproximando do horizonte no oeste, criando um belo brilho laranja de outubro sobre o lago. Folhas coloridas caíam das árvores e para baixo, se juntando às outras que vieram primeiro. Mark parou o quadriciclo e se sentou por um momento.

"O que foi?" Nicole perguntou.

"Nada. Eu só queria te mostrar uma coisa." Ele olhou para as suas sobrancelhas franzidas. "É uma espécie de surpresa," elaborou ele.

"Certo," disse ela, curiosa.

Ele pegou a mão dela e a levou até à doca. Eles caminharam até o fim, e ela ficou ao lado dele esperando o seu próximo passo. Ele se virou para a encarar, sorrindo para os bigodes pintados no seu rosto. "Eu gosto desse visual," disse ele.

"É?"

"Ah, é, é fofo."

"Obrigada," disse ela, fazendo uma pose.

"Eu acho que você devia usar mais vezes," disse ele, com mais sinceridade.

"Bom, obrigada, mas..."

"E eu quero que você use isso."

Ele procurou no bolso e tirou um estojo de joias. Os batimentos de Nicole aumentaram. Ela olhou para o estojo e em seguida para o rosto dele. Ele a encarou com uma expressão séria, mas vulnerável, que instantaneamente transmitia o quanto esse momento significava para ele.

"Nicole, eu sei que isso deve parecer loucura, mas quando eu te conheci, eu sabia que você era uma mulher fantástica. E quanto mais tempo eu passo com você, mais isso aumenta. Eu te amo. Eu te amo desde o dia em que nos conhecemos. Quando eu te vi deitada naquela cama de hospital, indefesa, pensei que iria te perder. E aquele pensamento foi a pior coisa que eu já senti. Eu não estou completo quando você não está comigo. Acho que isso pode parecer rápido, mas eu sei o que eu sinto aqui dentro." Ele abriu a caixa, revelando o anel no interior. "Você quer se casar comigo?"

Ela ficou parada, em lágrimas, com a cabeça para baixo. E com o menor toque, ele a levantou como tinha feito debaixo da árvore caída. Ela olhou nos seus lindos olhos verdes. "Sim, querido." Ela lutou para conseguir encontrar outras palavras, apesar das milhares que inundavam a sua mente. Ele segurou a cabeça dela com as duas mãos e a puxou para os seus lábios.

CAPÍTULO 15

Mama ficou ao lado do corpo trêmulo de Nicole no banheiro da casa de Mark, e olhou para ela no espelho. Nicole sorriu para ela e se obrigou a se concentrar em respirar. Mama inspecionou os cachos no cabelo de Nicole; uma última checada antes de saírem de casa.

"Meu Deus, porque eu estou tão nervosa?" Nicole perguntou frustrada à Mama.

Mama sorriu. "Bom, isso é normal, querida. Esse é um dos maiores momentos da sua vida. É emocionante. Se faz você se sentir melhor, ele deve estar pior."

Nicole levantou as sobrancelhas. "É verdade."

"Ouça, vocês se amam. Vocês são como, bem... como manteiga de amendoim e geleia, eu suponho," disse Mama. Ela reparou na expressão desconcertante de Nicole. "Minha querida, manteiga de amendoim é boa sozinha. Geleia é boa sozinha. Mas quando juntamos as duas, temos algo novo e ainda melhor do que aquilo que tínhamos no começo."

Nicole acenou e sorriu. "Obrigada, Mama."

"De nada, querida."

Nicole se voltou para o espelho e olhou para o vestido de verão branco e amarelo.

"Você está linda," disse Mama.

"Obrigada," respondeu Nicole. "Eu só queria..." Ela começou. O nariz e a garganta dela queimaram, tentando não chorar.

"Os seus pais estão aqui com você, querida. Eles estarão dentro de você para sempre. Nada pode tirar isso de você."

Nicole pegou um pouco de papel higiênico e secou as lágrimas nos cantos dos olhos. Mama a abraçou. "Ainda bem que você está aqui comigo," disse Nicole. "Estou começando a parecer um disco arranhado, mas obrigada por tudo."

"É o mínimo que eu posso fazer," disse Mama.

Elas interromperam o abraço. Nicole olhou para si mesma mais uma vez, e viu o relógio na mesa de cabeceira do quarto. "Acho que é melhor irmos andando."

Mama e Nicole saíram e entraram na caminhonete do Ben. Mama se sentou no banco do motorista, mal olhando por cima do volante. Nicole roía as unhas no lado do passageiro. A caminhonete rolou pela estrada até se aproximarem do portão. Ele não passava despercebido decorado com dúzias de balões brancos. Elas deram a volta e percorreram o caminho ao longo das rochas em direção às árvores à frente. As margaridas e os balões formavam um túnel branco que conduzia floresta a dentro até à água. A orla da floresta havia sido limpa e o sol brilhava na caminhonete como um holofote. Mama parou e estacionou.

"Está pronta?" Mama perguntou.

"Ah, sim, estou pronta," respondeu Nicole, sem pensar duas vezes.

Ben abriu a porta do passageiro e pegou a mão de Nicole. Ele a ajudou a pisar na passarela de pedras que Mark havia feito para ela.

Mama saiu da caminhonete e caminhou até Nicole. Ela olhou para cima e sorriu. "Amamos você, querida," disse Mama.

"Também te amo," respondeu Nicole.

Mama se virou e atravessou o túnel de arcos brancos que cobriam a passagem. Ben sorriu para Nicole e apertou a sua mão na dele. Ela acenou com a cabeça e eles acompanharam Mama. Os arcos brilhavam à luz do sol, fazendo com que eles sentissem que estavam entrando no céu. O tule e as margaridas dançavam na brisa leve. "Isso é lindo," disse Ben.

"Não é? Eu e a minha irmã fizemos. Trabalhamos nisso por três dias," disse Nicole.

"Vocês fizeram um bom trabalho."

Mama saiu do fim da passarela e foi em direção ao seu lugar. Ben e Nicole pararam para deixar que ela se sentasse. Ela respirou fundo e eles avançaram juntos, saindo do arco. Ela olhou à frente para a água brilhando maravilhosamente contra os raios do sol. Mark saiu pela direita para se juntar ao ministro em frente à doca. Nicole admirou o seu terno, um visual incomum, mas bonito para ele. Depois olhou para os pés dele e sorriu. Ele levantou o bico da bota e piscou para ela. O seu tio e irmãos estavam alinhados atrás dele. E Bentley se manteve fiel, sentado obediente ao seu lado.

Ben caminhou com ela, lado a lado, até que estavam diante de Mark. Ele a beijou na bochecha e depois foi se sentar junto à Mama. Nicole entregou seu buquê à irmã e sorriu para Ashley e Becky, que estavam atrás da dama de honra. Então ela se virou para encarar o noivo.

Mark examinou a sua beleza da cabeça aos pés, sorrindo, orgulhoso da mulher que estava diante dele. Ela corou um pouco e o encarou de volta. O ministro falou alto, mas as suas palavras desvaneceram. Eles deixaram todos com o ministro e olharam apenas um para o outro, conversando silenciosamente.

Ela tentou muito não chorar, e conseguiu até que a primeira lágrima rolou pelo rosto de Mark. Aquilo foi demais para o seu estado emocional já sobrecarregado. Ela seguiu o exemplo, quase como se ele tivesse bocejado. Eles executaram os movimentos da cerimônia em um transe, obedecendo as instruções do ministro. Meses agonizantes de preparação, sentindo que o dia nunca chegaria, haviam levado a esse momento. Mark esperou pacientemente pela sua deixa. Quando as palavras foram ditas, ele sorriu para Nicole e deu um passo à frente. A mão direita dele foi até o rosto dela, limpando as suas lágrimas. Depois ele beijou a noiva.

"Awn!" Seu irmão mais velho gritou trás dele.

Nicole sorriu e Mark se virou para encarar seu irmão desordeiro. Ele sorriu para ele e balançou a cabeça.

"Boa, irmãozinho," acrescentou ele.

Ele olhou de volta para Nicole. "O quê?" Ela perguntou.

"Vamos nos divertir um pouco. Então acho que vamos passar o resto das nossas vidas juntos." Ele encolheu os ombros e mostrou o seu lindo sorriso.

"Se você diz," respondeu ela.

A multidão seguiu Mark e Nicole em direção à cabana. Ao lado, na grama, uma tenda gigante havia sido montada com mesas quase suficientes para acomodar metade da cidade. Os fornecedores chegaram e começaram a descarregar a comida. Ao lado da tenda, um pequeno palco havia sido construído para a banda, que também tinha aparecido. Eles ficaram juntos e admiravam a cena em paz enquanto podiam. Mas as conversas e as fotografias os apanharam rapidamente.

A equipe da clínica veterinária roubou algum tempo de Nicole para falar sobre a beleza da paisagem. Os irmãos de Mark e alguns funcionários da oficina falaram sobre os seus carros dos sonhos e que tipos de peixe estavam armazenados no lago. Ela olhava para ele ocasionalmente, para conferir se ele já havia decidido gritar e fugir. Porque, *como*, pensou ela, *eu consegui alguém como ele?*

Joe e a família gostaram da pausa na sorveteria sempre ocupada. Nicole dançou com a irmã e com os amigos, e Mark sorriu para ela à distância. Eles saborearam o bolo de casamento e dançaram juntos, enquanto Mama assoava o nariz e tirava fotos.

A maioria dos momentos fotogênicos haviam passado e os discursos chegado ao fim quando o tio de Mark subiu ao palco. Ele assumiu o controle do microfone. "Olá, todo mundo. Eu só queria dizer algumas coisas bem rápido. Para aqueles que não sabem, eu sou o tio favorito do Mark..."

"Você é o meu *único* tio!" Mark gritou.

"É, bem, acho que isso faz de mim o seu favorito," disse ele. Mark sorriu. "Mark se mudou para cá há vários anos, para trabalhar comigo na oficina. Ele é o melhor mecânico que eu tenho."

Mark olhou para o chão, modesto.

"Eu faria qualquer coisa por esse jovem. E eu devo dizer, Nicole, que ele tem muita sorte em ter você. Eu não sei no que você estava pensando, mas isso não interessa."

"Ei!" Mark gritou, cuspindo metade do gole que tinha acabado de tomar.

"Mas, falando sério, eu amo vocês. São perfeitos um para o outro. Como manteiga de amendoim e geleia," disse o tio.

Nicole olhou para Mama, que acenou com a cabeça e piscou o olho.

"Então, hum, eu tomei uma decisão. Mark, eu sei que você tem uma bela casa e um pedaço de terra, mas eu queria saber se você e a Nicole gostariam de ter isso." Ele estendeu as mãos ao redor. As expressões do casal se tornaram sérias quando a realidade do que ele havia dito fez sentido. "Ei, eu nunca estou por aqui mesmo. Vocês têm cuidado disso por mim, de qualquer maneira. Eu realmente quero que fiquem com ele."

"Meu Deus." As palavras de Nicole escaparam através das mãos que cobriam o seu rosto. Ela olhou para Mark. Ele balançou a cabeça e caminhou até o palco, abraçando o tio. Nicole se juntou a eles e olhou para a irmã articulando as palavras, *Meu Deus.*

"Tem mais uma coisa," disse o tio Jim.

"Mais?" Mark perguntou.

Os pais de Mark foram até eles no palco.

"Ni... Um passarinho me contou sobre o carro no qual você tem trabalhado, que o seu pai te deu."

Nicole fingiu olhar para as damas de honra, ignorando o olhar de Mark.

"Nós sabemos o quanto esse carro significa para você, e acredite em mim, eu sei quanto custa consertar um deles," disse o tio.

Ben pegou o microfone. "Mark, a sua mãe e eu queríamos te dar algo especial. Então, cuidamos de consertar o carro para você."

Mark olhou para os pais em choque. O seu irmão ligou o carro e o dirigiu até a tenda. O veículo tinha estado convenientemente escondido debaixo de uma lona atrás da cabana. A tinta preta brilhava ao sol. O ruído do motor podia ser sentido através do piso do palco abaixo deles.

"Eu sei que você queria fazer isso sozinho. Eu não pretendia tirar isso de você. Eu consigo outro para você consertar, se quiser," disse Ben. "Eu só queria que você tivesse alguma coisa que pudesse..." Ben parou de falar quando Mark o apertou com força. Ele o abraçou por um momento, antes de passar para a mãe e o tio.

"Quando... como... como vocês fizeram isso? Como eu não fiquei sabendo?" Mark perguntou. Nicole olhava para ele, sorrindo de orelha a orelha. "Como você fez isso?" Ele perguntou.

"Bom, o seu tio e eu estacionamos um substituto na garagem e cobrimos tudo, esperando que você não notasse. Com todos os preparativos do casamento acontecendo, eu torci para que você não tivesse tempo de trabalhar nele. Os seus pais pagaram por tudo, e o Jim e o pessoal da oficina fizeram o conserto. Espero que você não esteja desapontado por não ter feito você mesmo," acrescentou ela.

"Desapontado? É claro que não. Eu posso trabalhar em outro carro. Eu quero dirigir esse," ele exclamou.

O seu irmão lhe atirou as chaves. "Desejo concedido," disse Ben.

Mark e Nicole olharam um para o outro e saíram do palco juntos em direção ao carro. "Já voltamos!" Mark gritou.

"Sem pressa!" Ben respondeu.

Os recém-casados admiraram o novo interior do carro. "Muito obrigado," disse ele.

"Você não tem que me agradecer," disse ela. "Eles fizeram todo o trabalho."

"É, mas não sem a sua ajuda. Você fez tudo acontecer."

"Era o mínimo que eu podia fazer pelo homem que salvou a minha vida."

Sem palavras, ele segurou a sua mão por um minuto, e então olhou para a ignição. "Pronta?" Ele perguntou.

"Você não faz ideia," disse ela.

Ele ligou o carro. Os irmãos dele gritaram do lado de fora.

"Eles são muito interessantes, hein?" Ela perguntou.

"Você não faz ideia," disse ele. Ele soltou lentamente a embreagem e pisou no acelerador, e eles estavam a caminho. Mark o conduziu com cuidado pela entrada e pela estrada, até chegarem à autoestrada vazia.

Ele parou e olhou para ambos os lados, depois para ela. Ela apertou o cinto e sorriu para ele. Ele sorriu de volta, então gradualmente puxou o carro para a estrada e parou novamente. O lado do seu rosto brilhava laranja com o pôr-do-sol. Embreagem solta. Pedal do acelerador para baixo. Marcas de pneus atrás deles que levavam estrada à frente.

Rebecca desce as escadas, os dois filhos vigiando os seus movimentos. Ela para na base dos degraus e inala o cheiro da casa. As paredes de madeira ainda emitem o cheiro de cedro. A filha se aproxima dela.

"Mãe?"

Ela olha para a filha, começando a chorar imediatamente.

"Mãe, está tudo bem. Por favor, não chora. Se você chorar, eu vou chorar, então o Charlie vai ter duas mulheres choronas nas mãos."

A mãe ri e seca os olhos. "Susie, eu não sei se consigo fazer isso."

"Você não está sozinha. Estamos aqui com você. O tio Jack está chegando. Vamos passar por isso juntos," Susie a conforta.

"Você tem razão." Ela suspira. "Certo."

Ela caminha até a lareira e segura a foto que está colocada em cima dela. Uma bela jovem usando um vestido de verão branco está ao lado do seu lindo marido. O rosto dela está iluminado e o dele está sujo de cobertura. O pedaço de bolo responsável está na mão dela. A felicidade deles irradia da fotografia para o mundo, uma exibição de amor.

"Olha isso," diz Rebecca aos filhos. "O que os seus

avós tinham era especial. Nós passamos a maior parte da vida sonhando em encontrar isso." Ela se vira para olhar para eles. Susie está chorando, e até Charlie tem um olhar sombrio. "É isso que eu quero que vocês tenham. Quando encontrarem a pessoa que fizer vocês se sentirem assim, não deixem que ela escape." Ela caminha para fora da casa com a caixa debaixo do braço e para na varanda.

Uma caminhonete chega e dirige até a casa, estacionando ao lado do carro dela. O irmão de Rebecca desce do veículo. Ele vai até a varanda e a abraça com força.

"Ah, Jack. Eu sabia que esse dia ia chegar, mas acho que não consigo fazer isso."

"Nós vamos conseguir, querida. Temos que fazer isso por eles. Era isso que eles queriam."

"Eu sei, não é isso. Eu me orgulho de realizar o último desejo deles. Eu acho que não consigo me manter forte sem eles, como prometi que faria," diz ela.

Ele sorri para ela. "Não tenho dúvidas de que você pode. Você é tão forte. Tem muito da mamãe dentro de você."

"Obrigada, Jack. Obrigada por dizer isso."

Eles continuam parados por um momento e ele adquire um olhar confuso. "O Charlie e a Susie estão aqui?"

"Sim, eles estão aqui. Estão lá dentro."

Eles entram na casa e se juntam aos outros dois. O tio Jack faz as perguntas genéricas do tipo: "Como vai o trabalho?" e "Já tem namorado?" A conversa continua até que Rebecca chama a atenção deles para a caixa.

"Então?" Diz ela.

Jack acena com a cabeça e eles se voltam para a varanda dos fundos. Rebecca fecha os olhos e respira o ar que sai da água. Ela olha em volta da cabana e pensa nas histórias da mãe contadas tarde da noite.

"Acho que eu nunca contei isso a vocês, mas sabiam

que foi aqui que o avô de vocês trouxe a vovó no primeiro encontro deles?" Rebecca pergunta.

"Ah, sério? Isso é tão fofo," responde Susie.

"Sim, ele a trouxe aqui, e é claro que a casa ainda não existia. Era só a doca e a cabana."

"A doca se manteve por tanto tempo?" Charlie pergunta em choque.

"O vovô consertou o que precisava ao longo dos anos, mas é basicamente a mesma. Como eu ia dizendo, ele saiu com ela de barco para pescar e ela pegou mais peixes logo no começo." Rebecca ri e balança a cabeça.

"Acho que ela sempre fez isso," acrescenta Jack.

"Mas a melhor parte, é que foi aqui que eles se casaram, também. Ali mesmo, perto daquela doca. Quando o papai morreu há alguns anos, a mamãe se sentou comigo e deixou uma coisa muito clara. Ela queria que os dois ficassem aqui para sempre. Juntos." Ela abre a caixa. "É por isso que estamos aqui." Ela entrega uma urna a Jack; pega a outra e coloca a caixa no chão. Os quatro caminham até ao fim da doca, que se estende sobre a água calma. Rebecca e Jack olham um para o outro e abrem as urnas.

"Pai, eu quero te agradecer por ter me dado todo o seu conhecimento e a sua força. Você era o meu porto seguro. E mãe, obrigado por toda a sua graça, apoio e senso de humor," diz Jack.

"Vocês querem dizer alguma coisa?" Rebecca pergunta aos filhos.

Charlie, reticente, balança a cabeça negativamente. Susie diz: "Estou bem, mãe. Eu não saberia o que dizer."

"Não faz mal. Certo. É... Pai, eu te amo e te agradeço pela forma como você sempre cuidou da mamãe. Você a amava, e a nós também, mais do que qualquer homem que eu já conheci. Você era carinhoso e gentil. E francamente, agora eu sei que a sua paixão pela mamãe deve ser a coisa mais bonita que eu já vi. E mãe..." A voz de Rebecca começa a falhar. Ela exala lentamente e começa de novo. "Mãe, eu não sei o que dizer a não ser que você foi a minha heroína. Você foi a mulher que eu sempre quis ser. Você era forte, amorosa e engraçada. Uma esposa incrível e uma mãe e avó ainda melhor. Eu te amo. Esse mundo vai ficar um pouco mais sombrio agora que vocês dois se foram."

Jack olha para ela com simpatia, à espera das próximas palavras da irmã.

"Acho que é tudo o que eu tenho a dizer, mãe. Eu acredito que você tenha esperado por esse dia desde que o papai morreu. Agora vocês podem ficar juntos outra vez." Rebecca olha para o irmão.

"Nós amamos vocês," diz ele. Ele se inclina para a frente lentamente, e Rebecca o segue. Eles derramam as cinzas juntos na água. Ela chora e Jack a abraça com força.

O grupo passa alguns momentos em silêncio antes de voltar para casa. Quando eles chegam à borda da grama, Rebecca diz, "Me deem só um minuto."

"Ok," responde Jack. Ele coloca as mãos nos ombros dos sobrinhos e eles entram.

Rebecca olha para a água. Ela observa uma família de gansos nadando até a margem do outro lado e cambaleando até a grama. Os gansinhos fazem de tudo para acompanhar. Eles bicam no chão à sombra, sem notá-la através da água. Rebecca os admira por um momento, e depois volta a olhar para a luz do sol refletindo da água. Ela sorri e sussurra: "Adeus."

FIM

Caro leitor,

Esperamos que você tenha gostado de ler *Carolina - Amor Sem Limites*. Reserve um momento para deixar uma crítica, mesmo que curta. A sua opinião é importante para nós.

Atenciosamente,

Sara Mullins e Next Chapter Team

AGRADECIMENTOS

Eu envio um agradecimento especial à minha família por acreditar que eu conseguiria fazer isso.

Ao David, pelo seu apoio e por ser a inspiração para o Mark. Ele não teria sido o mesmo sem você.

À minha mãe, Susie, à minha irmã Carey, à minha sogra, Joyce, e às minhas amigas Amanda e Sarah. Obrigada por terem sido as minhas primeiras leitoras. Eu sou eternamente grata por todos os seus comentários.

À equipe editorial da Next Chapter por me ajudar a publicar o meu primeiro livro. Agradeço a oportunidade que vocês me deram.

BIOGRAFIA

Sara vive no sul de Indiana com o marido e os três filhos. Ela se formou em Biologia pela Universidade Purdue e gosta de viver ao ar livre. Quando não está acampando ou navegando com a família, ela adora expressar sua criatividade através da escrita, fotografia e da pintura.

Carolina - Amor Sem Limites
ISBN: 978-4-82410-906-4
Livro de Bolso

Publicado por
Next Chapter
1-60-20 Minami-Otsuka
170-0005 Toshima-Ku, Tokyo
+818035793528

14 outubro 2021

www.ingramcontent.com/pod-product-compliance
Lightning Source LLC
LaVergne TN
LVHW031432170726

843492LV00010B/2963